AF261503

EL PELIGRO DEL ALFA

UN ROMANCE CON UN HOMBRE LOBO

RENEE ROSE

LEE SAVINO

Traducido por
BEGOÑA MARÍN

Editado por
L. M. D.

Copyright © agosto 2017 El Peligro del Alfa, por Renee Rose y Lee Savino

Reservados todos los derechos. Esta copia está destinada SOLO al comprador original de este libro electrónico. Ninguna parte de este libro electrónico puede ser reproducida, escaneada o distribuida en forma impresa o electrónica sin el permiso previo por escrito del autor. No participe ni fomente la piratería de materiales con derechos de autor en violación de los derechos de autor. Compre solo ediciones autorizadas.

Publicado en los Estados Unidos de América.

Renee Rose Romance, Silverwood Press, Midnight Romance LLC

Editado por:

LMD

Este libro electrónico es una obra de ficción. Si bien se puede hacer referencia a eventos históricos reales o ubicaciones existentes, los nombres, personajes, lugares e incidentes son producto de la imaginación del autor o se usan de manera ficticia, y cualquier parecido con personas reales, vivas o muertas, establecimientos comerciales, eventos, o locales es una mera coincidencia.

Este libro contiene descripciones de muchas prácticas sexuales y BDSM, pero esta es una obra de ficción y, como tal, no debe usarse de ninguna manera como guía. El autor y el editor no serán responsables de ninguna pérdida, daño, lesión o muerte que resulte del uso de la información contenida en él. En otras palabras, ¡no intenten esto en casa, amigos!

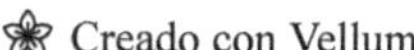 Creado con Vellum

PRÓLOGO

QUE CONSTE EN ACTA: «La gente loca que tiene visiones debería permanecer alejada de aeropuertos abarrotados».

Deslizo mi maleta hasta el lavabo del baño y echo un vistazo a mi cara en el espejo mientras lavo mis manos. Mi pelo sigue recogido en un moño absurdo, pero el penetrante dolor de cabeza que tengo me ha convertido en un monstruo, con los ojos inyectados en sangre y hundidos, como si estuvieran retrocediendo hasta mi cráneo para alejarme de todo.

Genial. Una aguda migraña el día de la entrevista. Justo lo que siempre había querido. Me seco las manos con papel higiénico y me doy unas palmaditas en las mejillas, reprimiendo un gruñido.

¿En qué estaba pensando para volar hasta aquí? Nada desencadena mis alucinaciones como estar rodeada de tanta gente. Un tipo vestido en un traje de negocios choca contra mí y uno de sus recuerdos aparece de repente en mi cabeza: él, en la cama con una mujer. Está engañando a su esposa.

No sé cómo lo sé, pero lo sé. Y desearía no saberlo.

Quizá podría esperar escondida en el baño hasta que anuncien mi vuelo. Sí, ese es el plan. Amber la loca escondiéndose en el baño porque tiene visiones donde quiera que va. ¿Fui a la Facultad de Derecho para esto?

Mi teléfono suena. 10:42 a. m. Quince minutos antes del momento de embarcar y cinco horas antes de mi entrevista. Busco una aspirina y el ruido de las pastillas en el bote me provoca una mueca de dolor.

Que conste en acta: «Necesito comprar medicinas en cápsulas de gel».

—Perdone. —Una voz cálida suena detrás de mí, y una mujer mayor pasa delante de mí tocándome la espalda hasta alcanzar un trozo de papel higiénico.

Yo trato de eludirla, de no tener contacto visual, pero la mujer me ha atrapado entre el lavabo y el papel higiénico, y soy incapaz de escapar. Miro hacia arriba con una sonrisa educada.

La mujer tiene el pelo largo y blanco pero una sorprendente cara juvenil, con ojos azules.

—¿Cuánto tiempo has practicado las artes intuitivas?

Miro detrás de mí, incluso sabiendo que no había nadie más en el baño. Pero la mujer no puede estar hablando conmigo, ¿verdad?

—¿Perdone?

Ella todavía me está tocando. Sus dedos reposan ahora ligeramente en mi manga.

—¿Las artes intuitivas? ¿Cuánto tiempo has estado practicándolas?

Un escalofrío me recorre el cuerpo.

—Lo siento, no sé de qué me está hablando.

El rostro de la mujer se nubla.

—¡Oh! —Su expresión se aclara—. Bien, se supone que tú, querida, vas a seguir padeciendo dolores de cabeza hasta que las practiques.

Mi visión se vuelve borrosa como una película a cámara rápida que he estado tratando de suprimir. Las náuseas me atraviesan. Veo un enorme y musculoso hombre en la playa, con rasgos bronceados y puños apretados. Después un lobo en una jaula, rugiendo.

Expulso el aliento de mis pulmones e inspiro oxígeno, sacudiendo la cabeza como si eso pudiera aclarar mis visiones estúpidas. Cuando recupero la conciencia en el baño, parpadeo. La mujer se ha ido.

Agarro el asa de mi maleta y salgo buscando a la mujer de pelo blanco cuando el reloj capta mi atención. 10:42 a.m. Tiene que ser un error.

Compruebo mi teléfono justo cuando las dos cambian a las tres. No he pasado casi tiempo en el baño, pero no hay señal de la mujer.

¿Cómo pudo desvanecerse en el fino aire?

CAPÍTULO UNO

TRES AÑOS MÁS TARDE

$\mathcal{A}$mber

ENTRO EN EL ASCENSOR, sujetando la puerta con mi pie para que permanezca abierta y dejar pasar al grupo que se aproxima.

—Gracias. —Una voz profunda resuena en el pequeño lugar. Una gran mano tatuada con las fases de la luna se pliega alrededor de la puerta seguida por un hombre gigante de ojos azules. Debajo de su camiseta descolorida y sus tatuajes, tiene músculos como Conan el Bárbaro—. Probablemente podría comerme como almuerzo y todavía tener hambre.

Dos hombres más jóvenes, igual de corpulentos, le flanquean. Tienen las cabezas rapadas, están repletos de *piercings* y tatuajes. Tengo que contenerme para no retroceder.

¿Qué están haciendo los Ángeles del Infierno en el edificio de mi apartamento?

«No muestres miedo». Esta fue mi primera lección en el orfanato. «Estudia la amenaza» es lo primero que aprendí allí.

De nuevo, el orfanato. Esa norma la trasladé muy bien a las salas del tribunal.

Me arrastré con mis zapatos de la talla cinco y siete centímetros y medio de tacón. No importa si apenas llegaba al hombro del hombre más bajo. Yo también soy imponente. Quizá no tenga dilatadores de orejas o un piercing en una ceja —«¡Ay!, hablando de sufrir por ir a la moda»— pero yo llevo zapatos de punta. Se hincan en mis pies como si estuviera en el infierno, pero mis tacones de siete centímetros y medio son el doble que sus armas.

—¿Visitando a alguien en el edificio? —Mi voz tiene un dudoso tono. No soy realmente una zorra reprimida, pero cuando mi seguridad se ve comprometida, aparecen mis garras.

El primer tipo baja la mirada hasta mí y contesta con la comisura de la boca. —No.

Al menos este tipo parece algo normal, excepto por su enorme talla. Un Conan el Bárbaro lleno de rasguños. Este tipo es como Thor. Me gusta lo que veo justo debajo de su mandíbula cuadrada. Normalmente no me van los hombres enormes y musculosos pero, maldita sea, él ha hecho que mis partes femeninas cosquilleen percibiendo algo nuevo.

Reprimo cualquier fantasía sobre cómo sería ser manoseada por un tipo como ese. «¿Manoseada? ¿En serio? ¿Cuándo he querido yo ser manoseada?».

Los tres hombres en fila dentro del ascensor apretujan el pequeño espacio. Los tres matones. Como los tres secuaces, excepto que tienen más piercings y tatuajes. Hay demasiada testosterona aquí. Es una sorpresa que pueda respirar.

El calor aumenta en mis muslos.

Me apoyo contra el muro, esperando que esos tipos no estén metidos en algo malo. No quiero juzgar, pero no habría sobrevivido a mi infancia si ignorase una amenaza. Y esos tipos parecían rudos. Su presencia me eriza la piel. No solo tengo el estómago revuelto con una visión borrosa, sino también un ligero zumbido que solo puede significar una cosa.

Peligro.

Miro fijamente al pecho robusto de Thor, él eleva el contorno de sus músculos destacándolo bajo su camiseta, y maldigo mis pezones por endurecerse ante tan obvia exhibición de masculinidad. «¿Qué diablos funciona mal en mí?». Raramente me excito con hombres y mis hormonas eligen este momento para acelerarse. «¿Elijo a este motociclista macho? Probablemente sea un criminal». Inclino la cadera y espero a que me explique qué están haciendo aquí estos tres matones.

Él no dice nada, pero uno de los más jóvenes se ríe burlonamente de mí.

Mis manos se desplazan hasta mi cuello, listas para liberar la tensión en la base del cráneo. Cubro el gesto defensivo asegurándome que el peinado sigue intacto antes de presionar el botón de la cuarta planta.

—¿A qué planta van? —pregunto con tono de «Podría patear vuestro trasero en un juicio».

—A la misma que tú —Thor resopla.

«¿Es eso un *vamos*? ¿O una amenaza? ¿Me están siguiendo? No, eso es una tontería. Podrían haberme atrapado en el aparcamiento si hubieran querido». Escuché llegar sus motocicletas, pero nunca imaginé que los conductores fueran a venir aquí.

Thor me mira, aunque yo rehúyo encontrarme con sus ojos. Sujeto mi maletín enfrente de mí como un escudo hasta que el ascensor se detiene y las puertas se abren en mi planta.

«Por favor, no les dejes ir detrás de mí. Es una paranoia, mi vieja amiga». Estoy asustada en este sitio, pero la única razón por la que me mudé a un apartamento en un edificio en vez de comprar una casa fue sentirme segura.

«Tú nunca estarás segura».

Saco el teléfono fuera para tenerlo preparado. Espero a que la pandilla de motociclistas salga primero. Veamos si realmente tienen un sitio al que ir. Los hombres se pasean dirigiéndose hacia mi puerta y «¡oh, mierda!» paran justo en la puerta de al lado.

No. De ninguna manera. Esto no puede ser.

—¿Sois mis vecinos? —pregunto—. He vivido aquí unas pocas semanas, pero no me he encontrado a nadie, todavía. No quiero ser ruda, pero estos tipos en sus andrajosas camisetas y *jeans* no parece que puedan permitirse este lugar. A no ser que sean traficantes de drogas. Lo que sería justo mi suerte.

—¿Hay algún problema? —pregunta Thor.

—Ah... no. Por supuesto que no. —«No hasta que organices una asquerosa y ruidosa fiesta con nenas motoristas y demasiado alcohol». Francamente, no puedo creer que no lo hayan hecho aún.

Deslizo mi llave en la cerradura, mirando hacia atrás para estar segura de que realmente van a su apartamento. El matón número dos, el bromista, me embiste, ladrando como un perro feroz.

Yo chillo y dejo caer mi maletín.

El matón número tres se ríe.

Thor agarra del pescuezo al hombre que me ha ladrado y le empuja hacia adentro.

—Ya basta —le dice—. Entra. No necesitas asustarla. —Sus ojos se posan en mí de nuevo—. Ella está esforzándose por hacerlo bien.

Los dos jóvenes se pasean dentro, todavía riéndose. Tomo mi maletín. Algunos mechones rizados de mi pelo se sueltan de la horquilla y los arrastro para esconder mis mejillas sonrojadas. Jodidos *punks*. Las manos me tiemblan y eso es lo que más odio de todo. No sobreviví a mi infancia para acobardarme en pasillos.

Siento la cabeza un poco tensa, anunciando una visión que está por venir. No he tenido ninguna por bastante tiempo así que esta debería ser extraordinaria.

Genial.

El corazón martillea mis costillas, entro en mi apartamento y empiezo a cerrar mi puerta. Una bota de punta de acero se cuela en medio, frenándome. Mis ojos vuelan hasta la cara de Thor, aterrizando en sus sobrecogedores ojos azules, y me da una media sonrisa predadora.

Yo tiemblo.

—Soy Garrett. —Extiende su gran mano a través del hueco de la puerta.

Miro fijamente durante dos segundos antes de que las buenas maneras triunfen sobre el miedo. Paso el teléfono a mi mano izquierda para darle la mano. El calor de su mano envuelve la mía, una conexión alarmante me recorre el brazo. Un sentido extraño de conocimiento me invade, como si esos tipos y yo fuéramos viejos amigos y yo solo lo hubiera olvidado.

Experimento un *deja vu*. Debo tener a Amber, la loca, a raya.

—Siento que los tres te hayamos asustado. Me aseguraré de que no vuelva a suceder.

Su voz es profunda pero suave como el terciopelo, a juego con su apariencia robusta. Siento calor recorriéndome el pubis. No parece que tenga mucho más que veintiséis años. Demasiado adulto para vestir y actuar como un punk. Aunque lo hace muy bien. Lleva una descolorida camiseta estirada por sus gigantes pectorales, tatuajes desde las mangas hasta el cuello. Su cabello está despeinado, como recién salido de la cama o si estuviese desaliñado desde el mediodía. Mmmm.

Que conste en acta: «Los chicos malos tatuados hacen que mis ovarios den un salto y supliquen».

Entierro mis deseos. Este no es el momento de estar excitada. Este tipo probablemente asalte a viejitas en su camino a las reuniones de bandas de motociclistas.

—¿Se est…? —Me aclaro la garganta, tratando de sonar cómoda en lugar de asustada—¿Se están quedando los tres aquí?

—Sí. Así que estarás a salvo con nosotros. —Él muestra una amplia sonrisa que me deja sin aliento. Tiene hoyuelos profundos y labios notablemente carnosos para un hombre tan varonil. Chris Hemsworth no tiene nada que envidiar a este tipo.

«A salvo. Sí claro».

—Fantástico. Ya me siento mejor. ¿Le importaría quitar el pie de mi puerta? —Me inclino con calma, la tranquilidad y la serenidad, pero sueno un poco agria.

Me lanza una vaga sonrisa burlona que desafortunadamente enciende un fuego lento entre mis muslos. —Nunca me dijiste tu nombre.

—Lo sé —le digo, y apunto mi mirada hacia su pie.

Él se cruza de brazos y se apoya contra el marco de mi puerta. —Mira, princesa.

—No me llames «princesa».

Él levanta una ceja. —Entonces, ¿cómo te llamo?

—Señora Drake. Amber Drake.

—¿Eres una profesora o algo así?

—Abogada, y tú estás cerca de un cargo por acoso. —Realmente no lo está. No han hecho nada mal. Normalmente no voy usando mi poder de abogada por ahí, pero quiero entrar en mi apartamento antes de tener una visión. Y no necesito que mi atractivo vecino sepa que estoy loca.

—No intentamos asustarte.

—No me asustasteis —digo rápidamente.

—Entonces ¿por qué estás escandalizándote? En cuanto nos has visto, tus braguitas se han retorcido.

«Oh Dios. Está hablando sobre mis bragas». —No me he escandalizado —digo usando mi tono más profesional.

—¿Y qué hay sobre las bragas?

«Que Dios me ayude». Las partes sensibles cubiertas por esa prenda se contraen cuando la menciona. —Sin comentarios. —Doy un empujón a la puerta pero no cede.

Él levanta sus manos en señal de rendición.

Sin embargo, la imagen de mis braguitas apretadas mientras él las desgarra con esos fuertes y blancos dientes me hace respirar atropelladamente. Para ocultar mi creciente lujuria, vuelvo a fruncir el ceño y renuncio a seguir empujando la puerta.

—Escucha, —me dice. — Mis chicos son *cool*. Pueden parecer toscos, pero son unos malditos Boy Scouts.

Yo me estremezco ante la maldición.

—Bien, señor… Garrett, quizá debería regresar a ayudar a ancianas a cruzar la calle. —«O asaltarlas»—. Lo ahuyento, pero no se mueve.

—Yo preferiría ayudarte a llegar hasta la puerta de mi apartamento. —Se inclina más cerca y el calor me invade. Ha pasado mucho tiempo desde que me he puesto tan cachonda por alguien. Tal vez nunca. La falta de sutileza me ha puesto los ojos en blanco pero tengo que admitir que hay algo en su arrogante sinceridad que me gusta.

No. No estoy tentada en lo más mínimo.

Que conste en acta: «Necesito encontrar a un tipo bueno, normal, no a alguien con quien que me aterrorice y flirtear».

Nunca te entretengas con el pensamiento de ir al apartamento del peligroso y atractivo vecino no llevando nada excepto unas pequeñas braguitas y perlas. Y quizá un par de tacones.

«Oh, Dios».

—Ahora en serio —la voz de Garrett baja una octava, la profundidad de su voz retumba emocionándome—. Ven, tomemos una copa y conozcámonos.

¿Puede Amber, la abogada, transformarse en Amber, la chica motera? Durante medio segundo, me veo sin mi traje de negocios *chic* y en unos ajustados *jeans* con un top sin mangas. El pelo suelto alrededor de los hombros, las mejillas besadas por el sol, inclinada por el viento. Me aferro a Garrett, presionándome sobre él durante las curvas de la carretera mientras conducimos.

Parpadeo. ¿Acabo de tener una visión? La cabeza me palpita un poco, pero no me duele.

—Entonces, ¿Cuál es la respuesta, princesa? —Garrett está todavía mirándome con amables ojos azules. Una chica podría perderse en su azul cerúleo.

«No. Seguro».

—No, gracias.

—Bien. Tú te lo pierdes. —Y retira su bota.

Como estaba sujetando la puerta con fuerza, se cierra de un portazo frente a nuestras caras. Yo grito como una idiota. «Joder». Doy un largo y tembloroso respiro. Algo se ha soltado en mi vientre y da vueltas como un globo liberando aire.

Echo el cerrojo, presiono mi oreja contra la madera y escucho. Tres segundos después oigo pasos lejanos. Me dejo caer contra la puerta, me llevo una mano a la cabeza. La ligera palpitación se ha ido.

Que conste en acta: «Necesito llamar a la administración

del edificio mañana y averiguar quiénes son exactamente esos tipos y si hay alguna queja contra ellos».

Por lo que sé hasta ahora, mi apartamento podría haber estado disponible porque nadie querría vivir cerca de esos tipos. Estoy segura.

Al menos eso es lo que me estoy diciendo a mí misma.

Me quito los zapatos y coloco el maletín en la mesa mientras marco rápidamente el número de mi mejor amiga.

—Eh, chica —contesta—. Puede que yo sea aburrida y normal (o al menos es lo que intento), pero mi mejor amiga es *cool*. Su madre fue una *hippie*, y esa es la razón por la que acabó con un nombre estrafalario.

—Eh, Foxfire. ¿Qué tal estás?

—Intentando mantenerme ocupada… ya sabes, para mantener mi mente alejada de eso. Foxfire pilló a su novio engañándola la semana pasada y le echó de casa. Ya era hora, pero las rupturas apestan, así que me he nombrado su animadora número uno y coordinadora de actividades hasta que se acabe el riesgo de que se derrumbe y le pida que vuelva.

—¿Quieres venir a mi casa? Podríamos ver Netflix y relajarnos. Estoy preparada para desconectar la mente un poco viendo televisión esta noche. Nada como *reality shows* para mantener mis visiones locas a raya. Aunque sea si solo me ayudan con mis dolores de cabeza.

—No, gracias —Foxfire suspira.

Siento una espiral de tristeza inminente e insisto.

—Eh, ¿sabes que deberíamos hacer?

—¿Qué?

—Salir a bailar mañana por la noche, Los Morphs tocan en el club Eclipse.

—No sé. No me siento bien realmente como para hacerlo.

—¿Estás bromeando? Son tus favoritos. Siempre me estás diciendo lo buenos que son en concierto. —La mayoría de los días evito clubes, bares y cualquier otro tipo de espacio ruidoso porque mi salud depende de ello. «Foxfire, será mejor que aprecies este gesto». Respiro profundamente y miento descaradamente—. Ahora yo soy la que quiero realmente ir.

—¿Tú? Odias salir. Normalmente yo soy la que te arrastro afuera.

—Oh, sí, y ahora lo echas de menos. Sé que realmente no te apetece.

—Pero eso no es lo importante. El objetivo es forzarte a ti misma a salir y socializar. —Uso el mismo argumento que ella usaba conmigo muchas veces—. Apuesto a que un millón de tipos se fijarán en ti.

Foxfire bufa.

—Lo dudo. Pero me encantaría tomar un cosmo.

—A mí también. —Es mi turno para suspirar.

—¿Y qué pasa contigo? Has estado trabajando mucho últimamente.

—Sí, el centro ha estado ocupado.

—¿Muchos niños entrando en el sistema? —Foxfire dice con gentil simpatía.

—Unos pocos.

—Bien, sé que tú estás ayudándoles. Casi consigues que los abogados tengan una buena reputación.

—No lo sé. Pero ayudar a esos niños es necesario. Jesús, hay demasiados que tienen la vida muy jodida. Ellos merecen al menos una persona representándolos en un sistema que los cuide. —Agarro una esponja del lavabo y limpio la encimera, incluso si ya está limpia—. Eh… Acabo de encontrarme con los tipos que viven al lado.

—¿Oh, sí? —Foxfire dice en tono sugestivo.

—No, no es lo que piensas, son tipos que parecen peligrosos. —Recuerdo los ojos azules y los hoyuelos en la sonrisa de Garrett. Definitivamente me dejó sonrojada y fuera de lugar—. No sé. No podría decir si me estaban intimidando o flirteando conmigo.

—Suenas interesada.

—No, definitivamente no. —«Mentira total». Mi mano cosquilleó cuando Garrett la agarró. Un hombre como él sería lo suficientemente grande como para escalar una torre. ¿Me dejaría montar encima? Oh, cielos. «¡Saca de la cabeza esa sensación, Amber!».

No lo quiero en mi cama. Incluso si fuera probablemente muy bueno. Pero ser bueno en la cama no significa que será un buen vecino. Espontáneamente, la imagen de mí uniéndome a una de sus largas noches con mis braguitas y mis perlas aparece en mi cerebro.

«Para».

—¿Son sexies? —Deja Foxfire leer entre líneas.

Incluso estando sola en mi apartamento mis mejillas se calientan. Suelto una extraña risa.

—Oh... sí. Uno de ellos lo era —lo es—, lo que sea. Pero no es mi tipo. Definitivamente no es mi tipo.

~.~

Garrett

Levanto la palma de la mano hasta mi cara e inhalo el aroma que todavía permanece de esa hermosa humana rubia. Ella llevaba esa diabólica falda corta y ajustada, y por mucho que quisiera proyectarse remilgada y formal con su cabello sujeto en un raro peinado de bibliotecaria, olí su interés. Ella se excitó. Por mí. Y cuando nos tocamos las manos, sentí la descarga de algo.

Mis dedos todavía sienten el cosquilleo de nuestra conexión.

Olí un poco de miedo en ella, pero la mayoría de las notas eran cálidas y sensuales, vainilla, naranja y especias. Mi lobo no quería asustarla, que es lo que sucedió al principio. A él normalmente le gusta lanzarles su peso encima, se siente impaciente solo por mujeres humanas. ¿Por qué estaría interesado en humanas? Y ella es definitivamente humana. Me acerqué para estar seguro.

No tengo ni idea de porqué me puso el pene tan duro. Pequeña pícara, actuando como una chica de alta sociedad mientras sus rodillas temblaban de miedo. Yo quería presionarla contra la pared del ascensor, envolver esas rodillas alrededor de mi cintura y sacar la lujuria directamente de ella. Apuesto a que nunca ha tenido un buen orgasmo. Quizá solo tenía que haberle enseñado qué es correrse sobre mi polla, mi nombre cayendo de esos labios rojos como una oración.

Acomodo en su sitio mi abultada polla en los *jeans* antes de hundirme en el sofá de piel. Trey y Jared han abierto ya botellas de cerveza y están en el balcón. Probablemente no es lo mejor para las relaciones con nuevos vecinos

Quizá me estoy volviendo demasiado viejo para vivir con mi manada de hermanos. Mi padre me ha estado diciendo durante años que necesito elegir una pareja, actuar como un adulto y convertir la manada Tucson en algo más que un club de hombres lobos. Vivimos sin ataduras y libres, pero el sentimiento hace que la mayoría de los lobos quieran empezar una familia y alejarse de la manada de su padre en Phoenix o fuera del Estado.

Mi teléfono suena y reviso la pantalla.

—Eh, hermana —contesto la llamada.

—Hola, Garrett —suena sin aliento—. Adivina a dónde voy en las vacaciones de primavera.

—Um... ¿San Diego?

—No.

—¿Baja California?

—No, no California.

—¿Dónde, chica?

—¡San Carlos!

—No. —Mi voz suena grave y prohibitiva. San Carlos es una ciudad de playa mexicana a pocas horas del sur de Tucson, pero según las noticias, está teniendo problemas con bandas de mafiosos de la droga.

—Garrett, no te estoy preguntando. —Con veintiún años, mi hermana Sedona, llamada así por la hermosa roca roja de Arizona donde mis padres la concibieron, es todavía la bebé mimada de la familia. Quiere plena autonomía cuando lo demanda, y apoyo financiero total el resto del tiempo.

Yo tenía diez años cuando Sedona, un bebé *no esperado* nació, así que la siento más como una hija que como una hermana.

—Oh, mejor deberías preguntar o tendremos un gran problema —le respondo con tono cortante. Mis padres solo le permitieron a Sedona ir a la Universidad de Arizona porque yo vivo bastante cerca como para cuidarla. Puedo ser un tipo fácil de llevar, pero todavía soy un alfa. Mi lobo no tolera que pongan a prueba mi autoridad.

—Bien, lo siento, solo preguntaba —ella se rinde, cambiando de la terquedad a la súplica—. Garrett, *tengo* que ir. Todos mis amigos van a ir. Escucha, no vamos a conducir a través de Nogales, encontramos que hay una ruta más segura. E iremos en grandes grupos. Además, yo no soy humana, ¿recuerdas? Los mafiosos de las drogas no pueden herirme.

—Una bala en la cabeza podría dañar a cualquiera.

—No voy a acabar con una bala en la cabeza. No compraremos drogas, obviamente, y no estaremos alrededor de sitios donde ese tipo de cosas ocurren. Estás siendo sobreprotector. Soy una adulta, en el caso de que lo hayas olvidado.

—No seas descarada.

—Por favoooooor, Garrett. Por fa… *Tengo* que ir.

—Dime quién va.

Es una profesional para convencer a la gente moviendo un solo dedo, y se da cuenta de que mi resistencia se desmorona. Ella continúa con entusiasmo describiendo al grupo: cuatro chicos, cinco chicas, de los cuales dos son pareja. Todos son humanos excepto ella.

Si todos fueran lobos, me opondría a los géneros mixtos. Y no es que sea un anticuado. Con humanos, sin embargo, ningún hombre sería capaz de dominar a mi hermana en ningún escenario. Aun así, un viaje de vacaciones de primavera suena a mucha bebida y fiestas, lo que siempre acaba en malas decisiones.

Un alarido desde el balcón me hace mirar a mis compañeros de piso.

—Quiero encontrarme con esos chicos —le digo a mi hermana.

—Garrett, *¡por favor!* Me avergonzarás totalmente. No es justo.

—Entonces la respuesta es *no*.

Ella resopla en el teléfono.

—Bien, pararemos en nuestro camino fuera de la ciudad para decir adiós.

Muy inteligente. Sería el mayor imbécil del mundo arruinando su viaje en el último minuto. Mi padre lo haría, pero yo no. Por eso Sedona eligió una escuela en mi ciudad en vez de ir al Estado de Arizona.

—Bien. ¿Cuándo te vas?

—Mañana.

—¿Me estás llamando para pedirme permiso la noche antes de tu viaje? —bramo en el teléfono.

—Bueno, estaba tratando de evitar pedir permiso —dice con un hilo de voz.

—Eres afortunada por haberlo reconsiderado. —Fuerzo mi mano a relajarse. No quiero otro teléfono roto.

—Así que ¿puedo ir?

—No permitirás a nadie conducir borracho en ningún momento.

—De acuerdo.

—Y nunca beberás más de dos bebidas en una noche.

—Venga, Garrett, sabes que puedo beber más que eso.

—No me importa. Te estoy dando mis condiciones. Si quieres ir será mejor que las aceptes.

—Está bien. De acuerdo. ¿Qué más?

—Quiero un mensaje de texto para estar al tanto todos los días.

—Entendido.

Suspiro. —¿Contrataste seguro para el auto en México?

—Sí. Estamos bien preparados. Te veré por la mañana. Te quiero, hermano mayor. ¡Eres el mejor!

Sacudo la cabeza, pero sonrío al terminar la llamada. Quien quiera que sea mi hermana tiene mi compasión. Es imposible negarle nada.

—Eh, jefe, ¿te diriges al club esta noche? —Trey deambula por el balcón.

—Esta noche no. —Examino mi teléfono en busca de grietas. Sedona saca mi parte protectora como nadie más. Al menos, hasta que me encontré con la pequeña señorita remilgada y formal en la puerta de al lado. Por alguna razón, mi lobo ha decidido que ella va a estar bajo mi protección, lo quiera o no.

—Estaba pensando en invitar a nuestra nueva vecina a salir para ver si tiene un lado salvaje.

—No, gruño. —Mi teléfono cruje cuando lo aprieto. La furia se enciende de la nada, sorprendiéndome endiabladamente—. Déjala en paz. —Trey deja caer su mirada hasta el suelo. Jared, que está un poco más lejos, se queda congelado.

—Solo permaneced lejos de nuestra vecina. —Mi lobo está cerca, haciendo que mi voz sea más ronca.

—Sí, alfa. —Ambos lobos inclinan sus cabezas.

En vez de una explicación, un rugido se alza en mi garganta. Soy un alfa. No tengo que explicar nada.

—Y no bebáis más en el balcón —añado con mirada penetrante. Cuando abro la mano, algunas piezas del mi celular caen en el sofá.

Mi furia se desvanece cuando ellos se escabullen, pero el sentimiento de satisfacción permanece. Mi lobo está contento porque protegemos a Amber. Pero ¿por qué? ¿Qué me importa una pequeña humana?

CAPÍTULO DOS

MONTONES DE ARCHIVOS me miran desde mi escritorio, pero no puedo concentrarme. Tirando de un mechón de mi cabello, marco el número del administrador de la propiedad de mi apartamento. Tal vez estoy siendo una perra, pero realmente creo que debería hacer un seguimiento de los chicos.

—Aquí Cherise.

—Hola Cherise, Amber Drake al habla, estoy en el apartamento 4F.

—Por supuesto. Hola, Amber.

—Escucha. Estoy preocupada sobre los tipos en el apartamento 4G. ¿Hay algo que deba saber?

Una pausa.

—¿Perdona?

—Me encontré a los tipos del 4G. Parecían realmente toscos. Estoy un poco nerviosa teniéndolos como vecinos. ¿Has tenido alguna queja sobre ellos o algo?

Cherise lanza una risotada.

—No, no puedo decir que la tenga.

—Entonces ¿no son fiesteros o nada parecido? ¿No hacen mucho ruido o tienen demasiadas motos enfrente?

—¿Tienes alguna queja específica? —la voz de Cherise se enfría.

Bien, quizá soy una zorra desconfiada.

—No, nada específico. Solo quería estar segura. Tú sabes que no parecen los tipos más extraordinarios.

—Yo no juzgaría un libro por su cubierta. —Cherise parece molesta ahora.

—Estupendo, lo siento. Solo quería comprobar. Has aliviado mi cabeza. Gracias.

Cherise cuelga sin decir nada. Ups. Alguien está cabreado. Pero soy una mujer soltera a cargo de mí misma. Ella debería entenderlo.

Quizá fui demasiado rápida en juzgar.

Me masajeo las sienes. Mi cabeza palpita, noto tensión irradiando desde la base del cráneo, de la manera en la que ocurre cuando voy a comenzar a una mala racha. La siento venir desde el momento en el que me encontré con esos tipos en el ascensor. Mis instintos me dicen que algo pasa con ellos.

Desafortunadamente, mis instintos nunca se equivocan.

Arrastro la palma de mi mano sobre la parte trasera del cuello, esperando que el dolor se vaya.

Hoy va a ser un asco.

~.~

Salgo del trabajo temprano, y meto algunos archivos en mi bolso gigante. Probablemente debería llamar a Foxfire para que me lleve a casa. Pero prefiero manejar mis problemas sola. Aprendí de niña a no depender nunca de los demás o simplemente siempre terminas decepcionado. No necesito a nadie. «Puedo manejar esto por mi cuenta», es mi mantra.

Así que me arrastro a través del tráfico, entrecerrando los ojos por la agonía. En cuanto llego al ascensor, la migraña me golpea. Mi visión se hunde. Mi pesado bolso golpea el suelo y me apoyo contra la pared, encontrando el fondo del suelo al tacto.

—¿Estás bien?

Esa voz. Incluso estando totalmente fuera de mí por el dolor, la reconocería en cualquier lugar por su timbre profundo y resonante. Dios, no estoy para hablar con él ahora mismo. No del todo.

Duele girar la cabeza para verle y centrarme en su cara.

Garrett se agacha para estar cerca, mirándome. La preocupación arruga sus facciones.

—¿Amber?

Yo me balanceo y todo se vuelve negro.

Cuando mis ojos parpadean abiertos de nuevo, la habitación da vueltas. No, espera. Estoy en el ascensor con Garrett. Y estoy en sus brazos con mi cabeza recostada en su hombro.

Él mira hacia a mí; hay una pequeña línea entre sus cejas.

—¿Has vuelto? Te perdí por un momento. ¿Estás enferma?

Yo sacudo la cabeza. Mal movimiento. Cierro los ojos y refunfuño:

—Migraña.

—Lo capto. —Su pecho retumba bajo mi oído.

El ascensor pita y Garrett me lleva al pasillo, avanzando como si no pesara más que una almohada de plumas.

—Mi bolso —balbuceo.

—Lo tengo.

Automáticamente me relajo en su cuerpo, respirando su aroma masculino. Su mandíbula sin afeitar me roza el pómulo. Solo estar entre sus brazos calma la tormenta de dolor que me está azotando.

Para cuando alcanzamos mi puerta, me siento casi humana de nuevo.

—Gracias, señor. Ah… Garrett. Me puedes dejar en el suelo ahora.

Él frunce el ceño en la puerta, todavía sujetándome como si no hubiera prisa en soltarme. Yo tampoco tengo prisa. Por primera vez en mi vida, todo el ruido del mundo, todas las distracciones que trato de callar, se han desvanecido, dejándonos solos a Garrett y a mí. Mis manos reposan en uno de sus bíceps de granito, sintiendo la fortaleza en sus brazos, el poder controlado.

Miro fijamente mi puerta, deseando que pudiera abrirse sola.

Él me facilita volver al suelo y mantiene su hombro alrededor de mi cintura mientras busco a tientas las llaves. Cuando las tengo, las dirijo hacia la puerta, esperando haber elegido la correcta. Estoy todavía temblando y mi cuerpo está débil después de haber peleado contra la migraña toda la tarde.

La gran mano de Garrett envuelve la mía, guiando la llave dentro de la cerradura y girándola. Él la empuja por mí y abre la puerta.

Menudo caballero para ser un tipo que parece un matón.

Para mi desmayo, o quizá mi delicia, me columpia de nuevo en sus brazos y me lleva dentro.

—Gracias —le digo, esperando que me acomode en el pequeño salón. Pero no tengo esa suerte.

Me lleva directo a la habitación. Yo me aferro a él, deseando que hubiera puesto mi colada en el cesto esta mañana después de haber desparramado la ropa por el suelo para encontrar un sujetador perdido. Al menos el sujetador quedó escondido bajo mi ropa.

Mis bragas, sin embargo, están plantadas en medio del suelo.

Olvido el dolor de cabeza. Ahora estoy acalorada y sonrojada. ¿Garrett en mi habitación? Tengo que admitir que se me pasó por la cabeza. Nunca pensé que realmente sucedería.

Mi habitación estaba mucho más limpia en mis fantasías.

Garrett me acomoda en la cama y se inclina sobre mí. Antes de que pueda decir nada, me quita los zapatos.

—¿Tomas algo? ¿Ibuprofeno?

Yo empiezo a sacudir la cabeza. ¡Ay! Mala idea. El ruido atraviesa mis oídos. Y vuelve tan pronto como Garrett me tumba.

—No, nada me ayuda salvo dormir. —Las náuseas hacen que una conversación sea una tarea ardua.

Garrett me toca, su enorme palma me cubre la frente. La agonía retrocede de nuevo.

—¿Qué puedo traerte? ¿Un vaso de agua? ¿Una toalla húmeda?

Siento las lágrimas en mis ojos, pero no por el dolor. Nunca he tenido a nadie que me cuidara.

—Sí, por favor —susurro.

Él quita su mano de mi frente y la echo de menos inmediatamente.

—Perfecto. Volveré ahora mismo.

Me acurruco en la cama, apoyándome en la palpitación. Mi piel siente cosquillas cuando Garrett se inclina sobre mí otra vez. Una toallita húmeda me cubre la frente. Estoy en el cielo.

Siento un ruido cuando apoya un vaso de agua.

—¿Necesitas algo más? —Su cara de preocupación se me acerca.

«¿Quién eres tú y qué hiciste con Garrett el matón?» Quiero preguntarle. «¿Y qué he hecho para merecer esta amabilidad?» Sé la respuesta a eso: Ni una maldita cosa.

—Gracias, digo con voz profunda. —«Siento haberte juzgado».

—¿Quieres que me vaya o que me quede?

«Dios, quédate, por favor».

—Estaré bien. Puedes marcharte.

Él se pone de pie.

—Gracias de nuevo.

Me toca el hombro.

—Estaré en la puerta de al lado si necesitas algo. Tengo un oído excelente así que solo tienes que gritar si vas a desmayarte otra vez.

—¿Por que eres tan bueno conmigo?

Su robusta cara se deshace en una sonrisa. De alguna manera derrite todas las defensas que ya había erigido contra los hombres en general y contra él específicamente.

—He intentado cazarte y darte una lección hoy. Cherise me dijo todas las horribles cosas que dijiste sobre mí.

«Oh, Dios».

El pálpito en mi cabeza se intensifica como si dirigiera un punzón a través de mis sienes. «Me está matando con amabilidad».

—Lo siento.

—No es nada, no te preocupes por eso. Solo descansa esa cabeza tuya. Te castigaré después —me dice con un guiño. Un guiño que podría poner a cualquier chica a sus pies.

No a mí, por supuesto. Pero puedo ver el atractivo. Espera, ¿acaba de decir «castigar»? Necesito un momento para que mi cuerpo registre la amenaza, pero cuando lo hace, el calor aflora entre mis piernas. La diversión es bienvenida por mi cabeza dolorida. Me pregunto, vagamente, si una masturbación podría curar una migraña. Probablemente he ido demasiado lejos.

—¿Estás segura de que vas a estar bien? —pregunta, y mi corazón se derrite un poco más. Sus dedos remueven mi pelo, como un ligero toque de mariposa peinando hacia atrás algunos mechones caídos.

En un momento, una visión se precipita. La cara de Garrett cambia, se alarga con facciones caninas. Un lobo me mira fijamente y hay marcas blancas alrededor de sus ojos familiares.

—¿Amber? —La imagen del lobo desaparece, dejando la hermosa cara de Garrett. Tiene los mismos ojos que el lobo. Su mano se posa en mi cabeza de nuevo, estabilizándome.

—Estoy bien. Por favor, solo vete. —La decepción me recorre, pero no puedo arriesgar que él esté aquí mientras tengo alucinaciones. Quiero ser la simpática y normal vecina Amber. No Amber la loca que murmura cosas extrañas mientras tiene sus dolores de cabeza.

Lo que no entiendo es por qué me siento perfectamente cómoda con la presencia de Garrett, como si finalmente fuera mi destino.

Me contraigo de dolor cuando él aleja su mano. Unos segundos más tarde, cierra mi habitación suavemente, y yo ignoro el asalto de agonía y decepción, y me trago las palabras para llamarle de vuelta.

~.~

Garrett

ENTRO EN MI APARTAMENTO, cerrando la puerta suavemente, como si el sonido del clic de la puerta al cerrarse pudiera perturbar a mi vecina enferma.

Nunca me he considerado el tipo de persona cuidadora. Soy un alfa. Gruño. Domino. Exijo. Pero es el destino. Ver a mi bella vecina con tanto dolor me descorazonó.

He oído que el aroma de las lágrimas de la compañera de un lobo le hará ponerse a sus pies. Y bajarán su nivel de agresividad a menos cero, excepto que haya que defenderla. Yo sudo viendo a Amber. Juro que encontrarla tan debilitada hizo que eso me ocurriera a mí.

Mi endemoniado lobo se enfrió, aplastando mi interés lujurioso e insaciable por ella y reemplazándolo con una necesidad de calmar cualquier pliegue de dolor grabado en su cara. Juro que hoy vi un trauma de por vida en su joven cara. No es de extrañar que esté tan asustada. Tengo la sensación de que ha estado experimentando cosas que ninguna mujer tan dulce debería haber sentido.

Odio dejarla, pero ¿qué podía hacer? ¿Instalarme en su apartamento cuando ella me pidió que me fuera? La pongo demasiado nerviosa, eso es.

Y de todos modos necesito perder mi interés por esa mujer. Es una humana, lo que significa que no es para mí, a menos que quiera una cogida rápida.

Oh, el destino, yo quiero cogerla completamente.

Mi lobo ruge. Quiere más. Mucho más.

«Cálmate, chico. Eso no va a ocurrir».

CAPÍTULO TRES

—MIRA TODOS ESOS BONITOS COLORES —Foxfire grita sobreponiéndose al ruido de la banda de música. Se gira lentamente sobre su taburete antes de levantarse de nuestra mesa, se inclina sobre ella y se ríe. Entonces, se abalanza sobre mi bebida.

—Para, amiga. —Sujeto mi cosmo fuera de su alcance. La he estado cuidando desde que llegamos aquí, por solidaridad con el sufrimiento de mi amiga. Beber alcohol tras padecer un monstruoso dolor de cabeza es una mala idea.

—Sam, ¡necesito otra bebida! —Aparentemente ella piensa que puede tutearse con el camarero.

Yo capto su mirada y muevo la cabeza en señal negativa y él la ignora.

—Creo que es momento de pasar al agua.

Foxfire hace pucheros y menea la cabeza antes de reírse de nuevo.

Que conste en acta: «Cuando emborrachas a una amiga para que pueda olvidar a su ex, asegúrate de que haya comido antes».

—Quizá deberíamos salir para tomar algo de aire fresco —sugiero.

Foxfire no me está escuchando. Alza su vaso vacío y lo relame con la lengua antes de dejarlo en la mesa con un golpe.

—Tengo mucha sed —gimotea.

—Conseguiré algo de agua, pero tienes que quedarte aquí mismo, ¿de acuerdo?

Bajo de la silla, llevando mi cosmo conmigo. Foxfire da vueltas lentamente en su silla con apariencia de borracha y desorientada. De nosotras dos, ella es definitivamente la salvaje, la divertida, pero punca la había visto así antes. Quizá tomó algo cuando fue al baño. Debería haber ido con ella pero, tras una mala visión, no me gusta estar en espacios cerrados con tanta gente, y este sitio está lleno.

«¿En qué estaba pensando al venir aquí?». Encojo los hombros y me entremezclo con la gente, tratando de no ser un objetivo. Demasiado ruido, muchas personas. Si tengo demasiado contacto, acabaré en el medio de una visión.

Que conste en acta: «La siguiente noche de chicas, me aferraré al plan de Netflix y relax».

Se oye un grito y me giro. Una chica está haciendo una escena en la pista de baile. Unos cuantos tipos de seguridad, tan grandes y corpulentos como mis vecinos matones, convergen en la escena. Hay más chillidos y uno de los tipos de seguridad levanta a la borracha beligerante.

Joder, es Foxfire, con su pelo multicolor volando por todos lados.

—Perdona, perdona —empujo a la gente hacia atrás, no hay tiempo de ocultarme y que no me toquen. Sus sentimientos y pensamientos me afectan, como los colores de la luz del espectáculo. Llego hasta Foxfire, que está tambaleándose. Yo también estoy borracha. Los hombres de seguridad me miran y dirigen su pulgar hacia la puerta.

—¿Ella está bien? —Me enderezo, proyectando la impresión de que estoy sobria y soy responsable tan fuertemente como puedo—. Solo la he dejado un momento.

—Señorita…

—¡Yo solo quiero bailar! —Foxfire grita y ondea sus brazos como un molino de viento.

—Ya está bien —dice un guardia de seguridad y nos apunta hacia la salida trasera—. Es momento de marcharse.

—Yo la tengo. La sacaré de aquí. —Me inclino cerca de él para alcanzar a mi amiga. Yo casi no llego a sus bíceps—. Solo que he aparcado enfrente y nos estás llevando por la parte trasera.

Salto hacia atrás cuando Foxfire se inclina y comienza a vomitar.

—Necesitáis iros —dice el encargado de echarnos sin un reflejo de expresión. Realmente me recuerda a Terminator, cerniéndose sobre mí.

—Sí, sí, ya estábamos marchándonos. Pero estoy aparcada enfrente.

—No me importa, vais a salir por la puerta trasera.

Foxfire se dobla de nuevo y un segundo segurata le agarra el brazo arrastrándola hacia adelante.

—No aquí —chasquea, con su labio con doble piercing que le da una imagen más amenazante. Me recuerda a mis vecinos matones. ¿Por qué esos tipos quieren tener metal en toda la cara?

—¡Eh! —Corro tras ellos—. Cálmate. Obviamente ella no se siente bien.

El matón la remolca hacia delante, arrastrándola cuando ella se tropieza.

—¡Para! —grito—. La vas a llenar de moratones. ¿No crees que un vaso de agua o ayudarla a ir al baño sería más apropiado?

Él impulsa fuera a Foxfire a tiempo para que ella se incline y vomite en un tiesto.

—Fuera —brama, apuntando a la puerta del aparcamiento más allá del patio.

—Solo espera tres minutos —le digo, agarrando hacia atrás el pelo de Foxfire.

—Marchaos, estáis fuera de lugar. Necesitáis iros.

—Parad —una orden ondea en el aire. Un enorme rubio aparece desde el patio de sillas.

Yo tardo en reaccionar.

—¿Garrett?

En dos zancadas mi nuevo y maravilloso vecino está de mi lado, mirando al *cara metálica* hacia abajo.

—Dejadlas en paz.

—Pero ella…

—Suficiente —dice Garrett tranquilamente y los tipos se callan—. Volved al trabajo.

La mano del Terminator presiona hacia abajo los hombros del segundo segurata, empujándole de vuelta al interior.

—¿Algo más, jefe? —rezuma Terminator.

—No, vuelve dentro. Yo me haré cargo de ellas.

Ayudo a Foxfire a sentarse en una silla, escarbando en mi bolso para encontrar las toallitas húmedas que siempre tengo de reserva.

—¿Está bien? —pregunta Garrett.

—Lo estará.

Una camarera de cóctel viene con una bandeja de vasos de agua.

—¿Garrett? Tank dijo que los necesitarías.

—Gracias, Stacy. Asegúrate de que nadie venga aquí, ¿sí?

—Dalo por hecho, jefe.

—Buena chica —Garrett murmura ausente. Sus ojos están en mí.

La camarera se sonroja, se humedece sus enormes y brillantes labios, y siento que el odio emerge.

—¿Trabajas aquí? —le pregunto tan pronto como ella se va.

—Soy el dueño. —Se apoya contra el muro, con los brazos cruzados y los músculos estirándole la camiseta. Los mismos *jeans*, las mismas botas moteras de piel.

Trago saliva.

—No me di cuenta.

—Lo sé —dice con la misma sonrisa de satisfacción. Él ha estado jugando conmigo. El propietario del club Eclipse además es el propietario de la mitad del negocio inmobiliario del centro, incluido el apartamento de mi edificio.

Mi nuevo vecino es un hombre de negocios inmobiliarios, no un matón.

—Pensé… —Paro de hablar. No puedo decirle que viste como un indigente.

Foxfire gime con las manos en la cabeza.

—Oh, lamento lo que ha ocurrido. —Yo me pongo de pie, con las manos aleteando como si pudiera cambia la situación.

—Normalmente no vamos de fiesta tan alocadamente.

—¿Tomar una bebida es una fiesta loca?

Yo parpadeo.

—¿Estabas mirándome?

Él inclina la cabeza con un *sí*.

—Deberías hablar seriamente con tus camareros. Podrías ser acusado por servir demasiadas copas.

—Amber. —Una palabra me para. Él entra en mi espacio,

su cuerpo ardiente me envuelve. En vez de sentirme intimidada, me relajo. Me siento segura—. ¿Te sientes bien? La última vez que te vi…

—Estoy bien. —Me doy media vuelta, pretendiendo no estar afectada, incluso cuando cada centímetro de mí vibra, consciente, vivo.

—¿Estás segura de eso? —Su voz resuena bajo, enviando un escalofrío a través de mi piel.

—Estoy segura —susurro. Después de todo, ¿qué le voy a decir? «¿Me tocaste y mis visiones volvieron, pero mi dolor desapareció?».

—Aquí está vuestra agua, —la camarera chirría. Sus labios parecen extra brillantes con lápiz de labios luminoso. Su mirada destella sobre Garrett y yo viéndonos juntos. Parece decepcionada.

Sin pensar, me acerco a Garrett hasta que mi hombro toca el suyo, como si él fuera mío y tuviera el derecho de estar en el perímetro de sus brazos.

Un suave risita suena sobre mi cabeza. Inclino el rostro hacia arriba, lista para encontrar su sonrisa burlona, y justo entonces me impacta una alucinación.

Mi visión se vuelve borrosa, imágenes dan vueltas frente a mis ojos, demasiado veloces como para atraparlas. Es una película a cámara rápida.

Estoy de vuelta en el ascensor, con Garrett y sus dos amigos. Esta vez, retrocedo, lista para correr hacia el aparcamiento mientras ellos se dejan caer a cuatro patas, convirtiéndose en lobos bajo el gigante y resplandeciente ojo de la luna llena.

—¿Amber?

Me agito. Estoy en los brazos de Garrett, pegada a su camiseta. Mi cuerpo entero está ardiendo, y después se enfría.

—Un hombre lobo. —Respiro mirando fijamente la atractiva cara que segundos antes era un lobo.

Garrett tiene un espasmo, casi me suelta, y su ceja se frunce.

—¿Qué acabas de decir? —Hay una aguda amenaza en su voz y una alarma me atraviesa el cuerpo.

«Es verdad. Es un hombre lobo». Y no parece feliz de que lo sepa.

—Nada. —Me alejo. Más allá de él, las nubes se difuminan. Hay luna llena. Necesito salir de aquí, rápidamente.

—Vamos. —Deslizo su brazo sobre mi hombro y me quedo de pie, ignorando su bramido.

—Amber, detente —ordena Garrett, pero yo le ignoro.

Foxfire y yo llegamos a mi coche y en el momento en el que la coloco en la parte trasera y le abrocho el cinturón, mi corazón para de acelerarse. Sin embargo mi mente está todavía corriendo maratones. «¿Qué acabo de ver? ¿Pudo ser real? No, eso es ridículo. Fue una alucinación. No la realidad».

—Los hombres lobo no existen —murmullo.

—Amber.

Me levanto soltando un chillido. Garrett está ahí, una enorme mole de amenaza silenciosa en la sombra.

—Necesitamos hablar —dice.

Un hormigueo se acelera sobre mi piel. Como respuesta, me coloco en mi sitio y salgo de allí con un chirrido de ruedas. No importa quién es Garrett o cuántas propiedades tiene, o si es verdad que se transforma en un animal peludo de cuatro patas cada luna llena.

Puede que los hombres lobos no existan, pero la visión me aclaró algo. Garrett es una amenaza.

~.~

Garrett

MIENTRAS EL PEQUEÑO auto compacto de Amber sale del aparcamiento, me toco con la lengua unos de mis dientes caninos para asegurarme de que todavía tienen tamaño humano. La pequeña señorita remilgada y formal casi se desmaya en mis brazos —de nuevo—, luego miro mis dientes, y el blanco de mis ojos reflejando la luna.

«Los hombres lobos no existen».

—Joder —murmullo—. Mis dientes no han cambiado. Mi visión es la misma, no periférica con el cambio que iba a suceder. Estaba en el patio para tomar algo de aire fresco y darle espacio a mi lobo, pero no fue como si estuviera aullando. «Hombre lobo», dijo ella. ¿Cómo lo adivinó?

—¿Estás bien, jefe? —Tank cruza el aparcamiento hasta llegar a mí.

Yo me enderezo, aplacando a mi lobo.

—Me voy a casa. ¿Está bien si cierras tú hoy?

—Por supuesto. ¿Qué fue eso? —Sacude la barbilla apuntando a la dirección hacia la que se fue el auto de Amber.

—Es una abogada, jodidamente estirada. Además es mi vecina.

—¿Humana?

—Tú sabes que lo es —contesto afiladamente. Tank fue uno de los pocos viejos lobos que me siguieron de la manada de mi padre. Su lobo es enorme y dominante, pero no más que el mío. Sospecho que mi padre lo envió para mantener un ojo sobre mí. Y aunque eso sea lo más probable, prefiere mi manada, como un consumado soltero, que una conformada mayoritariamente por parejas. Callado, fuerte, leal, él es un gran refuerzo. Uno de estos días, voy a convertirle oficialmente en mi segundo. Tan pronto como me asegure que no está espiándome para mi padre.

—Trey and Jared mencionaron a una pequeña vecina rubia. Creen que sientes algo por ella. Dijeron que sintieron su aroma en ti antes. —Me lo dice como un cotilleo casual, pero percibo una nota de censura que me fastidia.

—¿Preocupado porque estoy cogiendo a una no cambiante? —Los cambiantes no pueden emparejarse con humanos pero eso no significa que un lobo no pueda tener tanto sexo como quiera. No hay leyes en contra de esto, pero hay manadas más tradicionales, como la de mi padre, que fruncirían el ceño. Yo no. Y quizá esa sea la razón por la que tantos lobos solteros me siguieron cuando me fui para empezar mi propia manada.

—Ellos dicen que la reclamaste. —Sí, la cesura en la voz de Tank es real.

Me enfrento a él y hago crujir mis nudillos.

—Les dije que se mantuvieran al margen, eso no significa que me haya emparejado. ¿Tienes algún problema con esto?

—Tener citas con humanaos es una práctica tramposa. Cogerlas está bien, pero una relación real se convierte pronto en un problema. No pueden saber sobre nosotros. La regla es...

—Conozco las viejas reglas. ¿Has olvidado quién es mi padre? —Odio invocar la autoridad de mi padre, pero Tank es un anticuado. Algunos piensan que yo no controlaría mi propia manada si no tuviera el respaldo de mi padre sobre mi autoridad. Y no es verdad. Nunca le he pedido respaldarme en nada, pero intuyo que la amenaza está ahí de todos modos.

—No —Tank baja la mirada—. No quiero parecer irrespetuoso. Yo protejo la manada.

Con la autoridad reconocida, mi lobo se calma. Le doy una palmada en la espalda. La diferencia entre mi padre y yo es que yo sé cuándo ser duro y cuándo ser un amigo.

—Tú y yo, ambos. Yo nunca arriesgaré la seguridad de mis lobos por un humano. Esta chica está bajo mi protección, eso es todo. —Mi lobo vio un brillo en ella. Mierda, eso suena incluso más sospechoso—. Mi lobo no tiene relaciones con humanos. Los cambiantes se emparejan con cambiantes. Fin de la historia.

Crujo mis nudillos de nuevo, frotándome los tatuajes. La luna me vuelve ansioso. No soy un novato que tiene que cambiar, pero el deseo está ahí.

—Me voy. Dile a Trey y Jared que no se vayan de fiesta después del trabajo o estarán fregando platos durante un mes.

—Sí, jefe. —Tank inclina la cabeza, enseñando su cuello en señal de deferencia. No discute más o hace comentarios sobre mi explicación sobre quién es Amber y qué significa para mí aunque no acabe de creérselo. Las manadas de lobos no son democracias. Mi palabra es la ley. Razón de más para no ser un gilipollas como mi padre.

Pero Tank tiene el derecho de hacerme esta advertencia. Todos nosotros conocemos las reglas. Los intrusos no pueden saber nada sobre nosotros. En los viejos tiempos, solo había una manera de tratar con un humano que había conocido nuestro secreto de hombres cambiantes.Si Amber supiera que yo sé que lo sabe, podría tener que morir.

~.~

UNA LARGA y serpenteante carrera no hace nada para calmar mi lobo. Muy pronto me encuentro dando zancadas por el pasillo de mi apartamento directo a la puerta de Amber.

Mi teléfono da un zumbido y lo saco. Hay un texto de mi hermana con un montón de caras felices y tres emojis: *He llegado a San Carlos, besos y abrazos.*

Sacudo la cabeza, reprimiendo una sonrisa mientras me centro en el asunto que tengo entre manos.

«Un intruso conoce nuestro secreto». Sin embargo mi lobo no piensa en ella como una extraña. Quiere protegerla tanto como quiere proteger a mi hermana.

Inclinándome cerca de la puerta, la piel me cosquillea cuando capto el aroma sensual. Dentro, la televisión tiene el volumen bajo, y la oigo moviéndose alrededor. Amber ha debido de dejar a su amiga en su casa y volver aquí. No hay otro aroma.

Golpeo su puerta. El apartamento se queda silencioso.

—Amber.

Más silencio.

—Sé que estás ahí. Soy Garrett. Necesito hablar contigo.

Su aroma se vuelve más fuerte. Hay un ligero crujido justo detrás de la puerta. Me doy cuenta de que estoy agarrando el pomo y tirando con mi mano hacia afuera. No necesito machacar otra cosa este mes.

—Abre la puerta. —Bajo el tono de voz. Ella esta justo ahí, en el otro lado.

No responde.

Pongo más autoridad en mi voz.

—Amber, abre la puerta.

—Estoy ocupada.

—Ábrela. *Ahora.*

—Márchate o llamaré a la policía.

—No. —Extiendo mi mano en la puerta, como si pudiera

sentirla a través de la madera. —Llamar a la policía me fastidiaría seriamente, y créeme, pequeña, no quieres verme enfadado. Ahora, abre la puerta.

—Vete al infierno. No me asustas.

Las comisuras de mis labios se levantan a pesar de la seriedad de la situación. Amo su chulería. Es jodidamente linda.

—Bien, entonces si no estás asustada, *abre la puerta.* — Cuando no contesta, empuño mi mano—. Ábrela o la reventaré, Amber.

—Estoy llamando a la policía.

—Nada de poli. La puerta. Ahora. —No estoy acostumbrado a que me desobedezcan, lobos o humanos. Normalmente cuando muestro mi autoridad, la gente da un salto.

Ella se aleja. ¿Estará llamando a la poli?

«Joder». Estoy tan acostumbrado a que la gente haga lo que digo que nunca pensé que cumpliría su amenaza. Pongo una oreja en la puerta, pero no la oigo hablar. En vez de eso… «Maldita sea». Es el sonido de la puerta de su balcón abriéndose de golpe. ¿A dónde va?

La imagen de ella tratando de hacer alguna peligrosa proeza gimnástica para saltar al balcón del vecino y escapar me cambia a modo de protección total. Mis colmillos salen para defenderla del enemigo invisible de la gravedad. Corro hacia mi apartamento y me dirijo al balcón.

«Joder, joder y más joder».

La loca pequeña humana ha escalado sobre el borde de su balcón y está avanzando poco a poco en su camino a la escalera de incendios.

Me trago el grito que se ahoga en mi garganta; no quiero asustarla. Ella ya está obviamente aterrada si escalar su balcón es mejor opción que plantarme cara. Pero sí, imagino que averiguar que tu vecino es un hombre lobo asustaría a la mayoría de los humanos.

Me apresuro hacia el hueco de la escalera y paso cada rellano de un salto, sobrevolando todas las escaleras a la vez. En la primera planta, golpeo la puerta abierta, camino despacio alrededor de la parte trasera del edificio. La adrenalina me atraviesa, llevándome a un cambio parcial. Mi piel se eriza antes de tomar una profunda bocanada de aire fresco y asentarme. Mi visión nocturna se agudiza.

Amber está ahí, todavía con su pequeña falda, su blusa del club y su pelo con su moño habitual. Está bajando descalza por los peldaños metálicos de la escapada de incendios. Su pie se desliza un poco y ella grita, adhiriéndose al raíl. Está yendo demasiado deprisa.

Corro justo cuando ella pierde el equilibrio de nuevo y se resbala. Con un pequeño grito cae directamente en mis brazos. La atrapo fácilmente y suavizo mi cuerpo para amortiguar su caída, dejando que me haga caer al suelo con su peso. Se me escapa un gruñido cuando toco el cemento. Por un segundo solo me quedo tumbado, con mi polla endureciéndose con la sensación de tenerla en mis brazos.

Ella está respirando, su corazón acelerándose. Su aroma, agridulce y picante, hace que me maree. Apoyo una mano en su espalda, animándola a yacer quieta, con sus pechos presionando mi pecho. Quizá capte el guiño y se relaje sobre mi cuerpo.

No tengo tanta suerte. Ella empuja hacia arriba, sentándose a horcajadas sobre mí mientras mira hacia abajo.

«Oh, dulzura. No es una buena idea».

Mi polla piensa que es una idea fabulosa. Se aprieta contra mis *jeans*, queriendo más contacto.

—Ese fue un estúpido movimiento.

Ella se revuelve hacia arriba, pero yo la atrapo, tomándola

desde mis pies para deslizarla sobre mi hombro. Estoy a medio camino de la escalera cuando ella empieza a forcejear.

—¡Ponme abajo, Garrett! Voy a gritar.

Es interesante que todavía no ha gritado. Justo como no llamó a los policías. Quizá sea más obediente de lo que pensaba.

De cualquier manera, tengo ventaja y mi intención es mantenerla.

La alzo más alto sobre mi hombro, acallando sus protestas. Le doy en el trasero una palmada, lo que es probablemente un gran error. Va a ser el culo más lindo que he visto, y ahora que le he dado una nalgada una vez, me muero por más contacto. Quiero estrujarla, frotarla suavemente, darle más azotes.

Ella toma aire. Huelo la excitación femenina.

«Oh, cariño, estás excitada».

La llevo a través de la puerta trasera, dando dos pasos al tiempo. Paso junto a su apartamento y deslizo la llave en mi cerradura abriendo la puerta de una patada.

Mientras la sujeto dentro, ella empieza a forcejear de nuevo. Cierro la puerta y camino hacia el sofá, donde me dejo caer y la pongo sobre mis rodillas. Ahora que la idea está en mi cabeza solo puedo dejarme llevar.

—Nunca corras para escapar de un lobo. —Le doy tres duras nalgadas a su pequeño culo apretado. No estoy seguro de cómo voy a evitar apretarlo cuando haya acabado.

—¡Ay! —grita y patalea—. Ya basta.

Su contoneo me excita. No puedo resistir darle tres azotes más, con la misma fuerza. El olor de su excitación llena la habitación. La necesidad de cogerla me golpea tan fuerte que tengo que hacer una pausa con mi mano extendida sobre su culo. Y ella espera, en silencio, agazapada sobre mis rodillas como la buena sumisa que es.

«Tengo tu número, princesa».

Le levanto la falda corta y casi rujo al ver sus braguitas. Son de jodido satín rosa. Con pequeños lazos negros en la parte inferior de cada nalga. Las curvas debajo de la tela se enrojecen con las huellas de mis manos. Mi lobo aúlla de satisfacción.

—Oh, son lindas, nena —murmuro.

Ella empieza a revolverse de nuevo, así que tomo una nalga y golpeo su trasero cubierto con braguitas con lentos y deliberados golpes suaves.

—Nunca huyas de un lobo porque activa nuestro instinto de caza. Y no quieres ser atrapada por el animal, no una delicada humana como tú.

Deja escapar un gemido lascivo y hace girar sus caderas de un lado a otro mientras le doy una nalgada a su pequeño culo. Su cadera roza mi pene dolorido, torturándome con cada pequeño movimiento.

Subo sus bragas hasta su raja, dejando al descubierto más de su lindo trasero. Sus mejillas ya están sonrosadas por el castigo que le he impuesto, pero ahora que he empezado, no estoy de humor para detenerme. No cuando se siente tan bien dominarla. No cuando le encanta odiarlo. Puedo decirlo, porque el dulce néctar de su excitación llena la habitación, volviendo a mi lobo loco de deseo.

Doy una palmada en sus cachetes desnudos, el sonido marca el ritmo de sus vocalizaciones; la chica más linda grita y gruñe.

Solo cuando su grito suena demasiado como un sollozo paro.

«Mierda».

—¿Fui demasiado lejos? —Los lobos son criaturas físicas, somos rápidos tratando consecuencias, especialmente físicas. Las hembras reciben azotes de sus parejas, pero ella no es uno de nosotros.

Froto sus cachetes sonrojados, la levanto y la siento en mi regazo. Sus curvas encajan perfectamente.

—Y no me dejes ver que pones en riesgo tu vida de nuevo. Me has acojonado.

—¿Te asusté *a ti*?

Su pequeña falda está levantada hasta su cintura, con sus muslos desnudos y sus braguitas acaparando mis ojos. Mi polla duele, y reprimo el bramido que me sube por la garganta.

—Déjame ir. —Se retuerce como si quisiera levantarse, pero cuando la rodeo con mis brazos, la excitación florece en su aroma.

A mi chica le gusta ser contenida.

Nunca he estado con una humana a la que le guste el juego duro. Está permitido acostarse con humanas, siempre y cuando no les dejemos saber quiénes somos. Pero las humanas no suelen interesarme.

Demasiado débiles, delicadas.

No como esta pequeña diablilla. Si no para de enfrentarse a mí, pondré su cara en el suelo y la cogeré por detrás, haciendo que grite por una razón diferente. Una razón mucho mejor.

Pero tengo la sensación de que cogerla la dejaría fuera de mi alcance. Quien quiera que sea, significa algo más para mi lobo.

—¿Sabes cómo me gano la vida? —ella sonríe en alto, todavía revolviéndose—. Soy una abogada y te demandaré por esto, lo siento.

—No vas a demandarme —respondo.

—Llamaré a la policía y rellenaré una orden de detención y…

~.~

Amber

—SHH… —dice mi vecino, mi vecino hombre lobo, y se calma. Me pasa una mano por el muslo desnudo. Me quedo quieta. Una parte de mí quiere arrancarle los ojos, pero la otra parte contiene la respiración, temblando con su caricia, esperando ver qué hará a continuación.

—No vas a llamar a la policía y no vas a completar una demanda judicial —dice, claramente molesto.

Mi trasero arde y siente un hormigueo por los golpes que le dio, pero mi coño está derretido. ¿Qué demonios me pasa?

—Tú no quieres entrar en una batalla de intenciones contra mí porque no ganarías.

—¿Es eso una amenaza?

Se ríe, su mano se desliza alrededor de la curva de mi rodilla y se desliza por la parte interna del muslo.

—No. Es un hecho.

Sus brazos se enganchan alrededor de mi cintura, empujándome cerca mientras monto en horcajadas en sus rodillas. Su enorme y dura polla presiona contra mi coño. Me balanceo sobre él y dejo escapar una bocanada de aire, luego me pongo rígida de inmediato.

—Eres tan… —Sus ojos recorren mi cuerpo, persistiendo en la línea de mi escote. «Maldito sujetador». Qué lindo.

«Te demandaré, cariño. Acoso sexual. Infracción de las reglas del inquilino». Una letanía de leyes me pasa por la cabeza, pero sus siguientes palabras revuelven cada pensamiento en mi cerebro.

—Y eres traviesa. —Me masajea el culo con la rodilla, todavía desnudo debido al malvado azote que me dio. Esto solo sirve para estimularme el clítoris. Muevo la pelvis sobre su muslo, moliendo el pequeño nódulo.

Garrett lanza una maldición y sus manos me aprietan el trasero. Sus ojos se ven más plateados que azules. Me da la vuelta para mirar hacia otro lado, como si no pesara nada. Mis rodillas cubren sus muslos, y se abren de par en par.

—¿Necesitas que te alivie, nena? —Su voz es gruesa y brama. Sus dedos se concentran en el lugar exacto donde los necesito, frotando mi clítoris sobre el satén de las bragas. La otra mano de Garrett me toma un pecho, masajeándolo y apretándolo. Mis pezones se contraen debajo del sostén, los pechos duelen y el pulso va al mismo ritmo que el clítoris. Él hace círculos con la yema de un dedo—. Necesito que me contestes.

—S-sí, —jadeo—. Me agacho y tiro de mis bragas para abrirle camino a él.

—Oh, sí, nena. Eso es. Ofréceme ese dulce coño.

Sus dedos son enormes. Se deslizan sobre mi raja, que está vergonzosamente húmeda. Inclino la pelvis hacia abajo para encontrarme con su mano y le insto a seguir. Mueve su dedo corazón dentro de mí.

Ha pasado una eternidad desde que tuve sexo y estoy segura de que se nota, porque casi estoy teniendo un orgasmo en el segundo en que su dedo me penetra. No reconozco los sonidos que salen de mi garganta.

Garrett añade un segundo dedo, estirándome.

Yo echo la cabeza hacia atrás en su hombro, gritando de placer.

Él mete y saca los dedos, dentro y fuera, y usa la palma de

su mano contra mi clítoris hasta que casi estoy lloriqueando de deseo. Entonces, abruptamente, saca todos fuera y mi coño se contrae vacío. Me da una intensa palmada justo entre las piernas.

—Chica traviesa —bufa en mi oído.

Mis caderas se elevan.

Él azota mi coño de nuevo. Por tercera vez. Entonces, como si supiera que estoy a punto de estallar, empuja dos dedos dentro de mí, me fuerte y feroz, sin retirarlos, manejando la intensidad y la velocidad que necesito para alcanzar el orgasmo.

Chillo y tiro la cabeza hacia atrás en su hombro, clavando las uñas en sus antebrazos mientras cabalgo sobre sus dedos, mis caderas se contraen, mi vagina se aprieta y los dedos de los pies se me curvan.

Mi orgasmo continúa y Garrett mantiene sus dedos atrapados dentro de mí mientras me corro sobre ellos.

Que Dios me ayude. Nunca había perdido el control de esta manera. Nunca permití a nadie dame placer o que me viera fuera de mí.

Él los saca con cuidado mientras me deslizo hacia el otro lado; mi cuerpo se debilita contra el suyo. Sus labios encuentran mi hombro mientras coloca mis bragas en su lugar.

—Eso es, niña traviesa —murmura en mi oído, luego me reacomoda para tenerle de frente una vez más.

Me aparta un mechón de cabello de la cara.

—Mi pequeña humana traviesa. —Pone énfasis en la última palabra, mirándome a los ojos, y todo regresa a mi mente rápidamente. Él es un hombre lobo y *él sabe que yo lo sé.*

Me pongo tensa. ¿Qué va a hacer?

Pero no, los hombres lobo no existen. He debido de estar delirando.

—No estoy loca —suelto abruptamente.

Su apariencia severa se suaviza un poco.

—Nunca he dicho que lo estuvieras.

—¿Eres… no eres?

Él arquea una ceja.

—¿No soy qué?

—Los hombres lobos no existen —repito mi afirmación de antes, pero mi mirada se detiene en sus nudillos tatuados. Son las fases de la luna.

Oh, Dios. Definitivamente es un hombre lobo.

Trato de huir de nuevo, pero me retiene fácilmente; su brazo es como una banda de acero alrededor de mi cintura.

—¿Qué…? —aclaro mi garganta—. ¿Qué vas a hacer conmigo?

—No lo sé. Primero necesito que contestes algunas de mis preguntas. —Ahora suena serio.

—¿Cómo cuál?

Él me cambia de sitio. Coge mis manos y las gira, examinándolas.

—¿Estás herida, nena?

Conteniendo las lágrimas, sacudo la cabeza. Ahí está, cuidando de mí de nuevo.

—Bien. —Me levanta de sus rodillas y me sienta en la mesa de café frente a él, sujetando mis manos en una de sus grandes zarpas. La intensidad de su mirada me hace sonrojar otra vez. Finalmente pregunta:

—¿Cómo lo supiste?

Trato de liberar mis manos, pero me sujeta deprisa, añadiendo su otra mano para consolarme más que capturarme. Yo empujo más fuerte.

—Eh —dice—. Cálmate. No voy a herirte pero necesito que me contestes.

—No hay respuesta. —No hablo sobre mis visiones

nunca. La última vez que lo hice tenía trece años y me costó ir a un orfanato. Aprendí rápido que la gente no quiere que se revelen sus secretos. No sé cómo dejé escapar lo que he averiguado de él esta vez.

Garrett solo espera, sujetándome sin esfuerzo, sin decir nada.

Me desplomo. No va a dejar que me vaya hasta que se lo cuente.

—A veces solo sé cosas —murmullo—. Las veo como en una película a cámara rápida.

—¿Qué quieres decir?

Miro fijamente un agujero en sus *jeans*, deseando haberme quedado en casa de Foxfire. Enviar a una compañía de mudanza para recoger mis cosas y encontrar una manera de evitar a Garrett por el resto de mi vida.

Pero no lo hice. Porque, en el fondo, quería verle. Necesitaba saber si la visión era verdad.

—¿Amber?

Me encojo de hombros.

—No lo sé, de verdad. A veces veo cosas que no deseo, como gente muerta o el futuro, normalmente algo malo, como accidentes o muertes. —Recuerdo haberle preguntado a mi madre de acogida por qué dos edificios en Nueva York se incendiaron y se derrumbaron dos meses antes de los ataques del 11 de septiembre. Esa familia me devolvió al centro a toda prisa. No lo hago a propósito. Realmente lo odio.

—Eres una vidente.

Saco mi mano fuera de la suya y me limpio la cara. Mi melena está suelta con el peinado deshecho. Probablemente parezca un desastre. Amber la loca, la vidente. Todo lo que necesito es llevar una baraja de cartas, vestirme con faldas vaporosas y cubrir mi apartamento de cristales. Oh, y quemar incienso. Entonces puedo poner un tablero y leer el destino a las personas.

Garrett me está mirando, serio y frío como una piedra. Yo trago saliva fuertemente. Sé que él es un hombre lobo. Probablemente es algo que no quiere que salga de aquí.

Mi miedo de antes regresa: puede que muera esta noche. Pero no. Si él me quisiera muerta me habría dejado caer del balcón. A menos que necesite interrogarme antes.

—¿Se lo dijiste a tu amiga? —pregunta.

Seguro. Eso es lo que necesita saber.

—¿Foxfire? No. Ella se desmayó de camino a casa.

—¿Se lo vas a decir?

—No —mi voz se resquebraja—. De ninguna manera. No se lo voy a decir a nadie. No necesito que la gente crea que estoy loca. «Aunque sé que lo estoy».

—¿Me estás diciendo solo lo que quiero oír?

—¿Parezco el tipo de mujer que te lame el culo y te dice lo que quieres oír?

Él deja escapar una sonrisita, una devastadora sonrisa que me hace temblar por dentro.

—Dijiste que eres una abogada. —Pero libera mis manos, dejando caer sus enormes palmas en mis rodillas. Yo me centro en sus nudillos tatuados, los dedos más grandes acariciándome. Nunca pensé que los nudillos pudieran ser tan eróticos. Todavía estoy mareada por mi último orgasmo. Pero no me opondría a una segunda ronda.

—¿Me das tu palabra?

Asiento una vez, entonces varias veces más. ¿Es eso lo que quiere realmente? ¿Una promesa de que no hablaré?

Aprieta mis rodillas —Gracias. Mira. No quiero amenazarte… pero a los lobos no les gusta que los humanos sepan sobre nosotros.

—Bien, yo no decidí exactamente saberlo.

Él me lanza esa sonrisa ladeada de nuevo, haciendo que mis extremidades se derritan.—Lo sé. Solo quiero que entiendas que tú y yo vamos a tener grandes problemas si hablas.

—¿Me darás nalgadas de nuevo? —Maldición, se supone que debería sonar molesta, no jadeante y acelerada, como si quisiera que me diera palmaditas en mi culo desnudo sobre su regazo una vez más. Oh, espera. Eso es exactamente lo que quiero.

—¿Te gustaron tus azotes, Amber? —Su voz resuena profunda y seductora.

—No. —Quiero estar de pie, pero él está inclinándose hacia adelante, con sus rudas palmas en mis rodillas y yo tendré que apartarle de nuevo. Tocarle podría ser peligroso.

—Pensé que querías. —Unas líneas sexis aparecen en el borde de sus ojos. Se está riendo de mí.

—Si le dijera a alguien que eres un hombre lobo, ¿qué me harías? —pregunto para enfriar el deseo.

Sus ojos azules se convierten en chispitas de hielo. Sus manos me aprietan las rodillas y me pregunto si me había fijado en que su forma de tocar es sexi. Mi cuerpo se congela, mirando a un predador.

—No quieres saberlo —refunfuña totalmente serio. La amenaza en sus ojos mata el modo sexi definitivamente.

—Entonces, todo bien —digo sin saber cómo—. No necesito saberlo. No se lo diré a nadie, ni bajo pena de muerte. —Trato de decir que la última parte es una broma, pero no me sale muy bien.

Su gran cuerpo se relaja. Después de un rato, el mío también.

—Buena chica —dice.

Dejo escapar un suspiro tan grande que me sacude los huesos.

—Ven aquí —murmura y me afianza en sus brazos. Yo permanezco rígida, sorprendida, antes de derretirme en él.

—Lamento si te asusté esta noche. —Su voz reverbera en su gran pecho. Sus manos me acarician la espalda arriba y abajo. Se siente malditamente bien.

—Oh, no estaba asustada. Normalmente escalo desde mi balcón a las dos de la mañana.

Su sonrisa burlona me calma.

—Realmente me gustas, Amber. —Él se para y me pone de pie como si no me hubiera puesto el mundo boca abajo—. Espero que hayamos logrado un entendimiento.

—Sí, mis labios están sellados.

—Buena chica.

«Mierda», esas palabras…

Elevo mi barbilla.

—Me estoy reservando el derecho de demandarte por asalto con lesiones.

Él sonríe de nuevo. Una sonrisa lobezna con dientes brillantes hace que mi coño se apriete. Él se inclina y pliega un mechón de cabello detrás de mi oreja.

—Debería pedirte perdón —ronronea—. Pero no estoy arrepentido del todo. Disfruté viendo ese maravilloso pequeño culo. Y tus braguitas —gruñe con satisfacción. Y, sí, mi coño se aprieta—. Vamos, nena. Es tarde y deberías descansar. Me dirige hacia fuera con una palma en mi espalda.

Pensaba que solo cerraría la puerta detrás de mí, pero me escolta hasta mi apartamento como un caballero. Permanecemos frente a la puerta un segundo antes de que yo recuerde algo.

—Maldita sea. Está cerrada.

—Soy bueno con las cerraduras.

Desaparece de vuelta a su apartamento y regresa con una pequeña herramienta y una llave inglesa.

—¿Vas a abrir mi cerradura?

—Es una buena habilidad para tener, no es que la use mucho. Soy un tipo más de soplar y soplar hasta derribar tu puerta.

Una risita medio histérica sale de mi garganta.

—¿No tienes la llave maestra de todos los apartamentos? ¿No sería más fácil?

—Esto es más divertido. ¿Quieres aprender cómo hacerlo? Te enseñaré si quieres. Reamente es bastante fácil. Venga —dice cuando me ve dudar—. A menos que la princesa sea demasiado buena para ensuciarse las manos.

—No —resoplo.

—Esto es lo que ocurre cuando sales con un chico malo. —Me guiña el ojo y me da la llave inglesa.

Me dice cómo irrumpir y entrar mientras se encorva contra la pared.

—Bien, entonces la llave inglesa entra en el fondo del ojo de la cerradura. —Su gran mano envuelve la mía, haciendo que me estremezca.

—Fácil —murmura en mi oído, y de repente no hay aire que respirar. Cambia la llave inglesa enseñándome cómo aplicar tensión en la dirección a la que mi llave normalmente iría—. Ahora inserta la púa arriba. Sí, eso es. Ahora mueve la púa hacia adelante y hacia atrás en el agujero de la puerta para levantar cada perno de rotación. —¡Ups! Libero la llave inglesa—. Tienes que seguir aplicando presión. Ahí, porque es lo que realmente abrirá la cerradura. Inténtalo de nuevo.

Que conste en acta: «Forzar una cerradura es fácil». O debería serlo si no tuviera que presionar contra un tío guapo y enorme. La electricidad me recorre el cuerpo, siento pequeñas descargas entre mis piernas. La cabeza me da vueltas con la profunda voz de Garrett y sus pacientes instrucciones. Es muy gentil, aunque me llevó como un trofeo de guerra hace solo unos minutos y me dio nalgadas. Oh, Dios, cada vez que pienso en eso, mi tripa siente aleteos y mi coño se aprieta. Incluso cuando me amenazó, me sentí segura.

Mis manos temblorosas se deslizan.

—No puedo hacerlo.

—Seguro que puedes. Inténtalo de nuevo. Es fácil cuando tienes el truco. Despacio y firme, abogada —murmulla mientras muevo la púa hacia adelante y hacia atrás.

Uno tras otro, libero todos los pernos y la llave inglesa gira.

—¡Lo hice!

Él sonríe al abrir la puerta por mí. Yo trato de devolverle las herramientas pero él me las regala.

—Quédatelas. Pueden ser útiles.

—Eres el propietario. ¿Deberías animarme a irrumpir en las casas?

—Confío en que serás buena. —Me pone un dedo bajo la barbilla y me levanta la cabeza hacia él. Su hermosa cara llena mis ojos—. Hasta que te convierta en mala.

No puedo respirar. ¿Va a besarme?

Deja caer su dedo.

—Recuerda lo que hablamos.

—¿Si no...? —Su cercanía me hace osada y frívola. O quizá solo he perdido la cabeza.

—Si no... —Sus ojos son duros y echan chispas—. Serás castigada.

Me relamo los labios.

—¿Qué obtengo si soy buena?

Hace una pausa, después me acorrala contra la puerta. Dos manos gigantes me sujetan la cara, levantándola antes de que sus labios se encuentren con los míos.

Es un gran beso. Un beso de chico malo. Un beso a una niña traviesa. Me clava contra la pared, con su boca dominando la mía. Su rodilla presiona entre mis piernas abiertas y su muslo duro está en ángulo contra mi coño. Destellos vuelan sobre mi cabeza y mi cuerpo se enciende como los fuegos artificiales el 4 de julio. Me refroto hacia abajo, indefensa contra la creciente ola.

Que conste en acta: «Los hombres lobo besan bien».

En el último momento se marcha.

—Maldición —resoplo.

—Está bien, nena. —Él recoloca sus caderas y su erección cae sobre mí—. Sé buena y puede que tengas otra recompensa.

~.~

Garrett

ME SIENTO A BEBER cerveza en mi sofá, mirando la luna mientras trato de controlar a mi lobo. Mala, mala chica, huyendo de un lobo. Y la forma en que respondió a los azotes... «Maldita sea». Mi polla no está del todo despierta y lista para funcionar.

Escucho botas en la entrada de mi apartamento antes de que la puerta de abra con un estruendo.

—No tan alto —digo y doy un respingo. Sueno como mi padre.

¿Por qué demonios pensé que era una buena idea vivir con compañeros de manada? Fue divertido cuando salimos de la universidad, pero tengo veintinueve años y soy dueño de la mitad de las propiedades inmobiliarias de la ciudad. Tal vez sea hora de comprar una casa, encontrar pareja. Crecer de una puta vez. Pero eso me convertiría en mi papá.

«Joder», mi lobo está enfadado si estoy pensando en emparejarme.

Trey y Jared dan zancadas solo para detenerse en seco.

—Qué… —Trey empieza a decir, y sus ojos se vuelven plateados.

—Es *cool* —les digo. Ellos huelen a Amber.

—¿Qué hay entre tú y la humana? —Jared afirma que Tank dijo que fuiste tras ella.

Yo me burlo. Y eso me hace sonar desesperado.

—Tank está equivocado. Me fui a dar una vuelta en moto y volví aquí. Ya sabes, el lugar donde vivo.

Los ojos de Jared ya no están plateados pero levanta su cabeza, olfateando como un lobo los restos del aroma a vainilla de Amber.

—Pero ella estuvo aquí.

—Ella y yo tuvimos una breve charla. —Doy un trago a mi cerveza y mantengo el tono casual—. Ella lo sabe.

Jared y Trey permanecen quietos.

—¿Cómo? —pregunta Trey—. Sus hombros se juntan como si estuviera a punto de cambiar. Jared se sienta en una silla frente a mí. Una cadena de tensión lo atraviesa también, como un depredador en alerta máxima. Y tienen razón al prepararse para la defensa. El conocimiento de Amber es una responsabilidad para la manada.

—Retrocede —le digo sin poder evitar el gruñido de mi voz—Ella es uno de los nuestros.

—¿Qué? —dice Jared.

—¿Se lo dijiste? —Trey pregunta como si no me hubiera oído, preocupándose por no perforarse el labio con el *piercing* de la lengua. Es el pensador de la manada. Debería haberlo obligado a ir a la universidad, porque es el tipo que investiga todo lo que le interesa. Es un gran asesor y estratega—. Los humanos no pueden saber sobre nosotros, G. La regla dice...

—Cállate, Trey —Jared le silencia. Es inapropiado para ambos cuestionar cualquier decisión que yo tome.

Dejo mi cerveza.

—No, no se lo dije. Y conozco las reglas de la manada. Esa en particular no se ha aplicado durante setenta años.

—Sí, porque tu padre te arrancaría las entrañas si alguna vez se lo contaras a un humano —murmura Jared. Sus ojos también están plateados.

—Yo no soy mi padre. —Los tipos se quedan congelados con mi rugido, así que me esfuerzo por relajarme—. Esa es la manera en la que mi padre dirige las cosas, pero yo no creo que sea necesario. Como he dicho, ella es uno de los nuestros.

—¿Una cambiante? —Jared pregunta, aunque él ya debe de saber que no por su aroma.

Yo sacudo la cabeza.

—Ella es una vidente, yo no le dije nada. Lo adivinó. —Me quedo de pie cruzando los brazos sobre mi pecho—. Pero hemos hablado y no va a decir ni una palabra.

Trey se muerde la lengua. Jared me mira.

—¿Vas a decírselo a Tank? —pregunta Jared.

Mis dedos se curvan en un puño. ¿Es Tank el puto líder ahora?

—No es necesario. Ella no va a decir ni una palabra

—Cuando hablas de ella, tu lobo se muestra en tus ojos —Jared observa—. Hemos hecho apuestas sobre cuánto tiempo tardarás en reclamarla.

Han estado apostando. Lo que probablemente significa que toda la manada sabe que siento algo por una humana. Idiotas.

—Quiero protegerla, admito. —Y cogerla sin sentido—. Es una buena persona y ella no es responsable de tener esas visiones. Y mi lobo quiere su seguridad. Al principio iba a negar la verdad, pero por alguna razón no quiero mentirle.

«No estoy loca» dijo ella, y con eso todo había terminado. No pude dejarla ir pensando que podía herirla. Soy un alfa. Protejo a los débiles. Quien quiera que sea Amber Drake, es un de los míos.

—Ella es uno de nosotros —repito—. Juró no decir nada y le creo. Y mi lobo también le cree. —Me encojo de hombros, mirando su lenguaje corporal cuidadosamente. La mayoría de mi manada es leal, pero estoy torciendo las reglas. Y eso puede ser un indicio de que ellos podrían a amenazar a Amber y yo haré lo que sea para asegurarme de que esté a salvo.

—Lo que digas, jefe. —Y se dejan caer en una silla cerca de Jared.

Gruño con aprobación, pero secretamente estoy complacido de que se lo estén tomando tan bien.

—Sí. —Jared incluso se estira hacia atrás, relajado. Sonriente—. Es momento de tener una pareja.

Mis ojos se quedan perplejos.

—¿Qué?

—Te seguimos hasta Tucson porque la manada de tu padre era muy rígida. No había espacio para que un lobo se divirtiera. Pero todo este rollo de ser soltero nos está cansando. Estoy preparado para cazar a una lobita y reclamarla con mi mordisco. Pienso que hay muchos en la misma situación, pero hemos estado esperando por ti.

Mentira. Estos tipos son fiesteros. La idea de que cualquiera de nosotros se asiente pronto es ridícula. Jared sonríe. Estoy bastante seguro de que está tanteándome para averiguar si voy en serio con Amber.

—Yo no me estoy emparejando —digo firmemente—. Ambos sabéis que no puedo emparejarme con una humana, incluso si es una vidente, les digo. —Pero mi lobo no está de acuerdo—. Muchos lobos se emparejan con humanos, puede ser posible. Solo tendría que ser cuidadoso y no darle el mordisco de apareamiento o podría matarla. —Pero emparejarse con una humana significaría perder mi posición de alfa. Sería visto como un signo de debilidad. Nuestros cachorros tendrían sangre débil.

—Bien, yo estoy listo para asentarme —dice Trey con un bostezo.

—Solo quieres que te chupen la polla regularmente —murmulla Jared.

—Sí ¿y qué? ¿Quién no lo quiere? —Trey agarra el cojín sobre el que está sentado y se lo lanza a su hermano de manada.

—Chicos —les advierto distraídamente. La cabeza me da vueltas con la idea de aparearme con Amber. Es ridículo, pero ahora que está sobre la mesa, mi lobo no dejará de salivar con la idea de hacer mía a la pequeña abogada. Quiero soltar ese moño, atarla a mi cama y abrirle las piernas. Pasar tanto tiempo comiendo su coño hasta se quede ronca de tanto gritar. Cada noche. Para el resto de mi vida. Pero no va a ocurrir.

—No te preocupes —dice Jared—. Encontraremos otro lugar para vivir después de que la pongas a tus pies. —Él y Trey intercambian risitas y yo quiero darle un puñetazo a cada uno de ellos. Están teniendo demasiada diversión con este tema.

—Mientras tanto, nos pondremos tapones en las orejas o algo —añade Trey.

—Yo ya necesito tapones. —Jared lanza un cojín a Trey —. Me mantienes despierto con tu aullido mientras te masturbas.

—Yo no aúllo —Trey lanza el cojín de vuelta y va en picado contra su compañero de manada, golpeándole a través del cojín.

—Chicos —digo. Y ellos paran—. Hacedme un favor. Ajustaos a esto. Amber está bajo mi protección pero no es mi compañera para aparearme.

—Seguro, jefe, pero podría ser tu compañera para el sexo. —Jared sonríe como si supiera que estoy tratando de averiguar cómo hacerlo posible—. Te dejaremos ponerla caliente para nosotros. Cuando llegue el momento, haremos que Trey lleve una bolsa para ponerla sobre su cabeza

Los golpes empiezan de nuevo. Yo agarro mi botella de cerveza antes de que salga volando y veo cómo se empujan el uno al otro, esperando que los choques no despierten a Amber.

Sé que Trey y Jared son de fiar, pero no quiero que se lo digan a Tank, quien correrá a darle la noticia a mi padre. Si mi padre decide que Amber es una amenaza, no dudará en ordenar matarla. Para él, las reglas son reglas. La vida es en blanco o negro. Solo puedo escucharlo sermoneándome a mí y a Sedona: «Así es como sobrevivimos».

Nadie menosprecia a Amber. Mataría a cualquiera que se acercara a ella. Un rugido retumba en mi pecho al pensarlo.

Pero eso tampoco significa que pueda tenerla.

mber

SUEÑO que me persigue un lobo. Una enorme bestia de ojos plateados que se transforma en un gigante, en un hombre desgarrado, que luego me atrapa, y me inmoviliza bajo su musculoso cuerpo y...

Me despierto en medio de un orgasmo.

Que conste en acta: «Las lunas llenas hacen que los hombres lobos se vuelvan raros». ¿O soy yo la que está convirtiéndose en una rara?

El espejo del baño refleja mis mejillas sonrojadas. Aparentemente me encanta lo raro.

Suspirando, arrastro un cepillo a través de mi pelo. Tengo múltiples visiones, una noche horrible fuera y entonces me encuentro con un hombre lobo. Es solo otra semana en la vida de Amber la loca.

Después de dos horas limpiando frenéticamente cada superficie de mi apartamento, me siento un poco mejor. Quizá pueda simplemente continuar, seguir adelante, actuar de manera normal. Garrett me dijo que no hablara, así que puedo fingir que no pasó nada, ¿verdad?

Quiero decir, ellos son tres enormes y aterradores tipos que además se convierten en lobos. Es un buen acuerdo. Yo me convierto en un monstruo una vez al mes también, cuando tengo mi periodo. Quizá tenga más en común con Garrett de lo que pensaba

Vestida para hacer yoga, agarro mi alfombrilla y me dirijo a la puerta, parándome para comprobar si he empacado mis llaves. Mi espalda y trasero cosquillean como si mi cuerpo recordara a Garrett presionándome contra él. Me atrapó cuando casi había caído y me enseñó cómo forzar una cerradura, manteniéndome a salvo y cuidando de mí.

¿Finjo que nunca ocurrió? ¿Qué pasa con el beso y las nalgadas y sus talentosos dedos entre mis piernas?

Tomo un respiro como una señorita que vuelve a la vida con recuerdos felices. Agacho la cabeza para esconder mi cara sonrojada. Prácticamente corro hasta el pasillo. Ningún hombre lobo se acerca en el camino hacia mi auto. Estoy casi decepcionada.

Quizá he vuelto a la vida normal de Amber. Cuando vea a Garrett, será solo *cool*.

Sentada en mi auto, estoy a punto de salir de mi plaza cuando le veo, con sus hombros masivos estirando una camiseta verde de militar. Garrett cruza sus abultados brazos sobre su pecho. Su cabeza se inclina hacia un lado mientras me mira.

Yo saludo, ignorando la agitación de mi corazón.

Y cuando presiono el gas, solo para arrancar el auto, olvido ponerlo marcha atrás. Las ruedas delanteras de mi Volvo se estampan con el bloque de cemento, aplastando la delantera de mi auto contra el muro.

Un segundo más tarde el metal chirría cuando las bisagras de las puertas del auto se rasgan.

—Nena, ¿estás bien? —Garrett se inclina sobre mí, desabrochando el cinturón de seguridad y sacándome del antes de rodearme con sus brazos.

—Hola, vecino —digo temblando. Demasiado para ser simpática.

—¿Qué diablos?

—Tú me miraste fijamente. Yo, eh… —El aroma de Garrett me rodea y calma mis nervios convulsos. Mis manos están expandidas en su pecho duro y musculoso.

—¿Amber?

«¡Céntrate!» Amber la abogada siempre encuentra las palabras.

—¿Estás, ¡hum!, refunfuñando?

—Mi lobo —Garrett dice a través de su mandíbula apretada— está preocupado por ti.

—¡Oh! Hola, lobo —le digo a su abdomen. Su camiseta se ha subido, enseñando sus músculos del tamaño de unos adoquines.

Noto más temblores cuando Garrett ríe. El sonido placentero me relaja. Estoy de pie en los brazos de mi sexi vecino, hablándole a su lobo. No, no estoy loca del todo.

Garrett pliega un mechón de pelo suelto detrás de mi oreja, roza con su pulgar la colina de mi mejilla, se inclina sobre mí y me besa.

Con el toque de sus labios, pequeños golpes como relámpagos me atraviesan. Suspiro y presiono hacia adelante, lista para rozarme contra él. Mi mano se desliza bajo su camiseta, acariciando sus suaves y esculturales músculos. Garrett gira su cara, agarra la parte trasera de mi cuello y lo besa profundamente. Su lengua en mi boca agita mis partes bajas.

El beso continúa hasta que finalmente se interrumpe. No

puedo casi respirar. Él me sujeta cerca con sus manos firmes en mi cuello y descansa su frente contra la mía.

Soy literalmente como la heroína de un romance de Jane Austen en su pecho, mi corazón palpita y está a punto de estallar.

—¡Hum! Guau. ¿Todos los hombres lobo besan así? —pregunto estúpidamente. ¿Realmente? ¿Dónde está la Amber sana que siempre puede explicarse verbalmente de manera perfecta en los juicios?

Destellos plateados atraviesan sus ojos.

—Tú no besarás a ningún hombre lobo excepto a mí.

—No, claro que no. Tampoco intentaba besarte. Tú eres el que sigue haciéndolo. Y yo sigo dejándote.

—Me alegro de que estés bien. —Libera mi cuello y siento la pérdida—. Estuve preocupado por un momento.

—Ya lo veo. —Mi puerta cruje mientras se sujeta con una bisagra. Las ruedas delanteras están enganchadas entre la barrera de cemento y el muro—. ¿Qué se supone que debo hacer ahora?

—Estoy sorprendido de que no tengas un Triple A con un medidor de velocidad, princesa.

—Lo tengo, de verdad. ¿Pero cómo explico esto? —Apunto a las profundas huellas en el metal y Garrett pone ahí su mano desnuda.

—Yo me haré cargo de esto. La mayoría de mi manada son mecánicos. Pueden arreglarlo.

—¿Cómo van a sacarlo de la barrera de cemento?

Garrett está ocupado escribiendo un mensaje de texto. Cuando termina, dos tipos grandes irrumpen por la puerta de la escalera. Una vez más, automáticamente doy un paso atrás.

—¿Recuerdas a Jared y a Trey?

—Hola, abogada. —Jared, el que tiene la cabeza rapada y tatuajes en los brazos, asiente.

El otro, el que tiene demasiadas perforaciones, en realidad me sonríe antes de señalar el coche.

—Sí. —Garrett guarda su teléfono en el bolsillo—. Tank está viniendo con una grúa. Pero no quiero irme hasta que esté aquí.

Los dos punks caminan a ambos lados de mi vehículo.

—¿Qué hora es? —pregunta el *cara metálica*, también conocido como Trey.

Garrett se mantiene de pie en la parte trasera, echando un vistazo alrededor del aparcamiento.

—Las tres en punto.

Los tres se apoyan en mi auto, de forma casual mientras una mujer cuza el aparcamiento, se mete en auto y se va.

—Todo despejado —dice Garrett.

Los tres hombres se inclinan y agarran mi vehículo y lo levantan como si no pesara nada. Me quedo con la boca abierta. Que conste en acta: «Los hombres lobo tienen fuerza sobrehumana». Llevan el automóvil hasta su sitio y lo dejan caer suavemente.

—Gracias, chicos. —Garrett asiente y los dos punks me guiñan un ojo y desaparecen antes de que yo encuentre mi voz.

—Parece que funciona.

—Tank estará aquí para remolcarlo en un momento.

—Gracias —digo.

—De nada, princesa.

Demasiado para un sábado normal.

—Supongo que voy a perderme la clase de yoga

—Puedo ayudarte con eso.

—¿Cómo? ¿Vas a enseñarme cómo cablear uno para arrancarlo sin llave.

Sonríe y sacude la cabeza.

—Haré algo mejor. —Da unas zancadas alrededor de la esquina. El estruendo de una motocicleta anuncia su regreso.

—Oh, no. —Agito la cabeza mientras él se acerca en una enorme Harley negra—. De ninguna manera voy a montarme en esa cosa.

—Vamos, abogada —y me lanza un casco—. Vive un poco.

~.~

QUE CONSTE EN ACTA: «Cuando montes en una motocicleta deberías llevar unas bragas de recambio». Porque son básicamente vibradores. Realmente grandes vibradores.

Me sujeto a Garrett con fuerza, presionando su espalda mientras el viento mueve el pelo bajo el casco a latigazos.

—¡Eh! —grito cuando nos alejamos del centro—. ¡Mi estudio de yoga está en Armory Park!

—Cambio de planes, princesa, —dice— y aparca en un pequeño puesto de tacos mexicanos en el lado oeste del ahora cauce seco de Santa Cruz—. Te llevaré a almorzar.

Protestaría, pero no me importa. Habría llegado demasiado tarde a yoga de todos modos y a pesar de que sé que es una mala idea, mi cuerpo me pide más tiempo con mi dominante vecino. Incluso si es una máquina mortal que siento asombrosa entre mis muslos.

Garrett pide diez tacos de carne asada, paga y me da la bolsa de papel con nuestra comida.

—Vamos.

—¿A dónde vamos?

—A un picnic. —Arranca la motocicleta y toma el

camino hacia la montaña A, inclinándose en una curva. La A es la letra gigantesca pintada ahí por la Universidad de Arizona, Me recuesto en él en la curva, tratando de ignorar el hecho de que estoy abrazada al tipo más caliente que nunca he conocido. Es casi como si nunca hubiera tenido el orgasmo de la mañana del todo.

Nos dirigimos hacia la montaña A a toda velocidad y pasamos un escultural cactus saguaro que está de pie como un centinela. El sol está alto, pero el aire pasa a mi lado haciendo que la temperatura sea perfecta.

Para cuando Garrett aparca en un mirador, ya me estoy divirtiendo de verdad. La vista de la ciudad y el paisaje natural detrás es increíble. Los reyezuelos gorjean desde sus nidos en los cactus gigantes. Así es ser como Garrett. Libre.

El familiar nudo de ansiedad que siempre llevo ya no está, como si lo hubiera absorbido su templanza y su fortaleza. Tiene la abrumadora creencia de que la ciudad le pertenece y no hay nada que no pueda controlar. Sé que estoy proyectando, pero mi estómago me dice que tengo razón. Lo que siento es verdad. Garrett es el dueño de su vida, de la ciudad y de esta montaña.

Pero eso es estúpido. Puede que él sea un hombre lobo, pero eso no le convierte en invulnerable.

—¿No deberías llevar un casco? —pregunto mientras me quito el mío.

—¿Preocupada por mí, princesa?

—No —murmullo—. Un accidente probablemente no haría ni mella en tu dura cabeza.

Él solo sonríe.

—¿Te gustó el paseo?

—Fue bonito —digo sonrojándome.

—Estoy contento de haber podido reventar tu himen en la moto.

Estrecho los ojos y trato de no pensar cómo hubiera sido si él fuera el tipo que me rompió el himen. Mucho mejor que Tommy Jackson.

Él se limita a reír.

—Vamos, princesa. —Me lleva a una mesa de picnic—. Aquí. Hinca el diente. —Y abre la bolsa de los tacos.

—Bonito gesto no preguntarme qué quería —murmullo—. Podría estar a dieta o ser vegetariana.

Él se queda petrificado, parece horrorizado.

—¿Eres vegetariana?

—No. —Mi estómago ruge.

—Gracias a Dios. —Toma un taco y lo devora de un bocado.

De repente me preocupa que no haya suficiente para ambos.

—Estoy controlando mi peso.

Él se burla.

—¿Por qué?

—Por la misma razón por la que voy a yoga todas las semanas. Es lo que hace la gente normal, ya sabes, mantenerse en forma.

—Me gusta la forma de tu cuerpo. —Sus ojos azules hacen un barrido de arriba abajo desde mi cara hasta mis pechos y permanecen ahí. Mis pezones se ponen duros por la atención—¿Qué te parece esto? Tú comes... —estampa un taco enfrente de mí—... y yo vigilaré tu peso.

—¿Qué?

—Lo miraré muy, muy de cerca. —Agacha su cabeza bajo la mesa para fijarse en mi otra mitad.

Cierro las rodillas pero empiezo a sentir una lenta vibración entre mis piernas. Le imagino debajo la mesa, entrometiéndose entre mis muslos, poniendo esos sensuales labios contra el centro de mi coño.

—Estoy segura de que lo harás. —Maldición, mi voz suena sin aliento y excitada. Cuando doy un mordisco al taco, gimo. Está demasiado bueno.

El hombre —hombre lobo— al otro lado de la mesa parece que quiere darme un mordisco.

«Jesús, los hombres lobo muerden?» ¿Por qué no lo he preguntado antes?

Me fijo en sus dedos, la tinta azul representando la luna en varias fases.

—Para alguien que tiene un gran secreto, ¿no crees que ese tatuaje es un poco delatador?

Me da una media sonrisa, con una de sus comisuras levantada.

—La mayoría de los humanos no son como tú, Amber.

Puede que no haya sido un cumplido, pero la manera en la que me mira hace que me ponga caliente.

—Eh... ¿Entonces cómo funciona? ¿Muerdes a la gente para convertirles durante la luna llena?

Garrett lanza una pequeña carcajada.

—No somos jodidas sanguijuelas.

Le miro fijamente.

—Vampiros.

Mi estómago se hace un nudo. ¿También hay vampiros? Eh...

—No, o naces siendo un cambiante o no lo eres. No puedes ser *transformado*. De hecho, queda un número patéticamente bajo de nosotros. Cruzarnos con humanos ha causado la disminución de nuestra especie

De repente, anhelo saber todo sobre ellos, conocer a toda la pandilla y entender qué es lo que les motiva. Me interesa inmensamente, como si este conocimiento fuera necesario en mi vida, algo que debería haber sabido desde siempre.

—Tengo una pregunta para usted, abogada —dice después de terminar su taco. —¿Cómo conduces si tienes visiones todo el tiempo?

—Puedo reprimirlas. Por lo general, no las tengo a menos de que esté rodeada de grandes multitudes de personas. O cuando me tocan.

Muestra los dientes, como si no soportara la idea de que alguien me tocara.

—¿Cómo no estás recluida, entonces?

—Más o menos lo estoy. No salgo excepto para trabajar o para ir a yoga. Foxfire es mi única amiga cercana. Mi vida suena patética. La Amber normal es bastante aburrida.

—¿Por qué elegiste ser abogada?

Cuadro los hombros.

—¿Por qué? ¿Porque no podría haber sido una visionaria del destino en su lugar?

Se ríe.

—No, nena. De alguna forma no puedo verte haciendo algo así. Solo me pregunto qué hace una mujer sexi y con talento con una profesión tan rígida.

Él quiere decir demasiado estirada. Toco mis ondas enredadas, deseando mostrar seguridad con mi habitual moño francés.

—Trabajo con niños que están saliendo de situaciones difíciles.

—¿No es eso pro-bono?

—Casi —admito—. Tengo suerte de haber obtenido becas para la facultad de derecho, de lo contrario no podría pagar mis préstamos estudiantiles y el alquiler.

—No sabía que fueras tan solidaria.

—Sí. Foxfire me llama «libertaria de corazón sangrante» o «liberal neoclásica». Pero quiero contribuir, y si puedo ayudar a estos niños a navegar por el sistema, salvarlos de lo que yo... —Me detengo en seco. No quería decírselo.

—Salvarlos... —Garrett me impulsa a continuar cuando yo no quiero—. ¿Qué ibas a decir?

Dejo el resto de mi segundo taco. ¿Debería decírselo?

—Yo estuve en el sistema, viví en un orfanato desde que tenía seis años. —Trago un bulto que me oprime la garganta.

Sus dedos se convierten en puños y su mandíbula se pone tensa. Parece por un lado enfermo y por el otro furioso.

—¿Estás gastándome una puta broma?

—Tranquilo, Hulk.

Exhala un aliento mesurado y se pone de pie.

Le veo caminar alrededor de la mesa y desplomarse la valla de cemento a mi lado, montándose a horcajadas

Viene a por mí usando una garra gigante para ladear mis rodillas en su dirección, girándome. Deja sus manos en mi rodilla y me cubre la nuca con la otra. Sus cejas se fruncen con preocupación.

—¿Estás bien? —Su voz es ronca, como si fuera a regresar al pasado y patear el trasero de cualquiera que me hubiera dañado.

—Sí. —Dejo escapar una respiración temblorosa. No puedo creer que se lo haya dicho. Viola mi regla número uno para mantener a la Amber loca escondida. A Foxfire le costó años de fisgoneo sonsacármelo—. Las casas de acogida me salvaron, pero no fue fácil. Hice lo mejor que pude para actuar normalmente pero siempre me devolvían porque pensaban que estaba loca. Ya sabes, por las...

—¿Las visiones?

—Sí, mis últimos padres de acogida pensaron que tenía un problema con las drogas —sacudo la cabeza—. Estuvieron años tratando de medicarme.

—¿Y eso ayudó?

—No. Me hizo sentir peor. Pero lo hicieron por mi bien. Y mi vida en una casa de acogida era mucho mejor que la alternativa.

—Así que ahora trabajas con niños, asegurándote de que tienen la vida que merecen.

Sus ojos son ahora de un azul más profundo, y están llenos de entendimiento. No quiero aceptarlo, pero me siento malditamente bien.

Estoy agradecida de que cambiara el tema de nuevo al trabajo. El trabajo es seguro. Me lanzo a dar una larga explicación de mi trabajo estatal como abogada de niños, representándoles en el sistema de crianza.

—Suena intenso —dice—. También parece que realmente estás marcando la diferencia. Nada mal para tener una profesión odiosa como la de abogada. —Intenta iluminarse, pero sus ojos aún guardan un mundo de dolor por mí.

Pongo los ojos en blanco y le doy un ligero empujón a su robusto pecho.

Toma mis muñecas y las une con una de sus grandes manos.

—Nada de eso, niña mala.

Oh, Dios. El recuerdo de mis azotes anoche vuelve a mí corriendo. Como si no hubiera estado en mi mente en todo el día.

—Sin faltar el respeto. —Su voz cae una octava—. O tendré que castigarte de nuevo.

Mi coño se aprieta pero ignoro la forma en que la amenaza me ilumina.

Deja caer su mirada sobre mis pezones de guijarros, que se ven a través de mi apretada camiseta de yoga, delatándome.

La cabeza me arde.

—T-Tú eres el malo, no yo. —Agarro la bolsa de los

tacos para acercarlos a mí—. Quedan dos, ¿vas a comértelos?

—Es un vago intento de distracción, pero me lo permite.

—Entonces, si estuvieras almorzando con el dueño de un negocio que quiere contribuir a la comunidad, ¿qué dirías que es lo que esos niños necesitan más?

Me enderezo.

—¿El dueño de este negocio tiene propiedades en todo Tucson? ¿Incluyendo el club Eclipse?

Él sonríe y asiente.

—Lo creas o no, me encantaría tener acceso al club una noche.

Él arquea una ceja de manera sexi.

—¿En serio?

—En realidad. Uno de los trabajadores sociales de los niños de acogida está buscando un lugar para organizar una noche de fiesta familiar con los niños y sus padres de acogida. Sería genial llevarlos a Eclipse. Déjalos tener una fiesta de baile.

—No le sirvo alcohol a nadie menor de veintiún años —dice inexpresivo.

—Por supuesto que no —digo, y choco su mano. Con un movimiento rápido la captura. Mis labios se separan cuando su boca se cierra sobre mis dedos, chupándolos. El lento redondeo de su lengua me deja sonrojada. Una vez más, imagino esa lengua trabajando entre mis piernas. No es que nunca lo haya deseado antes. Diablos, siempre había imaginado que era algo un poco asqueroso. Ya sabes, antihigiénico. Pero la boca caliente, húmeda y de terciopelo de Garrett hace que muera por ello.

Me hundo en mi sitio cuando para de hacerlo.

Trago saliva fuertemente y continúo.

—Será un evento sin alcohol, solo refrescos y música. Puede que sea algo pequeño, pero los niños pensarán que es *cool*. Será un territorio neutral para que ellos estrechen lazos con sus nuevas familias.

—De acuerdo —dice despacio—. Veré qué puedo hacer.

—¿Tus compañeros de habitación podrían ayudar voluntariamente?

—¿Jared and Trey? —Sus cejas se levantan—. Ellos harán cualquier cosa que les diga.

—Tú mismo lo dijiste: son Boy Scouts. Serán un gran modelo para ellos mientras les digan a los niños que no beban o fumen y que estén en la escuela.

—Mi colega Tank es el dueño de una tienda de motocicletas. Tiene mano con los chicos de instituto que están alrededor para que aprendan de él. Siempre he pensado que podría convertirse en un programa oficial. Ya sabes, de entrenamiento vocacional o algo así.

Mi corazón se aprieta al oír que Garrett, el gigante hombre lobo al que había juzgado mal, piensa en ayudar a adolescentes de la zona.

—Es una idea increíble. ¿Te gustaría formar parte del proyecto?

Se encoje de hombros.

—Claro.

Lo visualizo monitorizando a jóvenes que acabarían siendo matones y dándoles un propósito y confianza.

—Apuesto a que serías un gran padre —espeto. Mis ojos se agrandan cuando me doy cuenta de que he sacado a colación el tema de tener hijos en nuestra primera cita. Ni siquiera sé por qué lo he dicho. Sí, lo sé. Mis hiperactivos ovarios, que están todavía soltando óvulos cada dos minutos esperando tener suerte con él—. Quiero decir…

—Sí, les enseñaré a abrir cerraduras y conducir motos. ¿No es lo que toda mujer busca en un padre para su cachorro?

—Hay tono retador en su voz, y un sonrojo de vergüenza me atraviesa por haberle juzgado tanto.

—Lo siento, actué como una zorra esnob cuando nos encontramos. Solo estaba nerviosa por mi seguridad.

Me deja con la palabra en la boca con un beso, estampando sus labios sobre los míos con una petición no verbalizada.

Cedo, buscando su lengua, tratando de ignorar la manera en la que la tierra gira sobre su eje y me arroja sobre mi trasero. De alguna manera sé que mi pelo nunca volverá a encajar en el peinado estirado que solía llevar.

—Oh, Amber —Garrett dice cuando para de besarme—. Si tuvieras alguna idea de todas las terribles cosas que quiero hacerte, tendrías razón para estar nerviosa.

Mis pechos me duelen ahora, los pezones están ardientes y rozan la tela de mi top de yoga. Quiero su boca en ellos. Deseo saber todas esas cosas terribles. Ya me ha dado nalgadas. ¿Qué es el tipo de cosas que hacen los hombres lobo? ¿Te atan? ¿Te humillan? Nunca había considerado nada más que la vieja postura del misionero en mi futuro, pero es como si una puerta se hubiera abierto; una puerta enseñándome un nuevo, entero y maravilloso mundo.

Tanteo algo que decir, algo natural y neutral.

—¿Y qué hay de ti? —Nuestros pies chocan—. ¿Cómo entraste en el mercado inmobiliario?

—Me mudé a Tucson cuando tenía dieciocho años. Mi padre me dio un préstamo para empezar y compré una pequeña propiedad comercial y la alquilé. Hice todas las reparaciones yo mismo. Entonces tuve suerte. El centro de la ciudad se revitalizó y el precio de la propiedad se disparó por los aires. Tomé otro préstamo para devolver el dinero a mi padre y abrí el club Eclipse. Mi padre estaba decepcionado, por no decir algo peor.

—¿Porque abriste un club nocturno?

—Él dice que siempre seré un punk.

Una ráfaga de furia recorre mi cuerpo poniéndome del lado de Garrett. Yo pude haber llegado a la misma conclusión cuando me lo encontré, pero desde entonces he visto que él es más que un motero vándalo. Con un pequeño préstamo de su padre ningún tipo podría hacer crecer su negocio inmobiliario desde una edificio comercial a un imperio multimillonario si no tuviera habilidades en los negocios e inteligencia.

La sonrisa de Garrett no es enorme.

—Supongo que tiene razón.

Conocer la condena de su padre me da de repente las claves de por qué Garrett no ha crecido. Con un padre como ese, o quieres probar que no tiene razón o que sí la tiene. Parece que Garrett ha elegido probarle que está en lo cierto. Sí, es un poco raro revelarse, pero si él creció con un autoritario, inquisidor e idiota como padre, ahora puedo ver cómo eso le ha afectado.

—Entonces, ¿cómo es un día normal para ti?

—Beber cerveza y acosar a mi vecina sexi. —Sigue jugando el rol de matón.

Aparto el recipiente de tacos de un tirón justo cuando él va a alcanzar uno. Él arquea una ceja con severidad. Reprimo una sonrisa y los aparto, mirando sus enormes pectorales.

Me atrapa mirándole y sonríe.

—¿Te gusta lo que ves, ángel?

Me encojo de hombros como si su cercanía no me afectara.

—¿Te entrenas para tener ese cuerpo?

—No. Todo esto es genética, cariño. —Flexiona su brazo, mostrando sus bíceps gigantes. Me pregunto cuántas chicas en Eclipse se arrojan a sus pies cada noche. El pensamiento me da ganas de estrangularlas a todas.

—¿Dirigir el club? ¿Administrar sus propiedades? —Sigo presionando.

—No, tengo miembros y empleados de la manada para hacer eso ahora. Yo los superviso.

Miembros de la manada. Tiene una mandada de cambiantes. No sé por qué pero me encanta la idea. Los hombres que parecían tan intimidantes y rudos en el ascensor el primer día, los duros bravucones del club, no son miembros del club de motociclistas. O tal vez lo sean, pero también son miembros de la manada. Miembros de una manada de lobos.

Me pregunto de repente si todos los clubes de motociclistas están formados por hombres lobo. Siento demasiada vergüenza de mi ignorancia para preguntar.

Me cuestiono si visten como punks a propósito, para alejar a los humanos o algo así. No me quejo. Su enorme cuerpo es digno de babear, con sus característicos *jeans* rotos y su camiseta descolorida que dice «El lado oscuro de la luna».

La luna. Me pregunto cuánta parafernalia colecciona sobre la luna.

—Come tu taco, abogada. —Garrett ha devorado los restantes y apunta a mi segundo, que está medio mordido.

—Estoy llena.

—Entonces ven conmigo. —Me levanta y con su enorme mano envuelve la mía. Sus dedos fuertes, suficientemente poderosos para destrozar metal, pero tan gentiles conmigo.

Me lleva a la montaña, lejos de la motocicleta. Vamos fuera de los caminos trillados, y cuando el terreno resulta demasiado complicado para mis zapatillas de tenis, me levanta y me lleva fácilmente por las rocas, hasta la cima de la montaña A, dejándome en lo alto. La vista es aún más espectacular.

—¿Es esto lo que querías mostrarme? —pregunto.

—Solo quería cambiar las cosas. —Y toca un mechón de mi pelo—. ¿Lo qué me dijiste en la mesa de picnic sobre la casa de acogida se lo dices a mucha gente?

—No.

—¿Tienes contacto con tus padres de acogida?

—¿Con los últimos? ¿Los que trataron de medicarme? No realmente. Creo que fui a la Facultad de Derecho solo para probar que no necesitaba su ayuda o la de nadie más.

—¿Tienes amigos cercanos? ¿Alguien que sepa que eres vidente?

—Solo Foxfire. Al menos, ella es la única que me cree cuando le digo lo que veo.

—¿Alguien más?

Sacudo la cabeza. El pecho me duele un poco.

—¿Por qué estás haciendo estas preguntas?

—Ahora entiendo por qué eres tan rígida, nena. Tu don hace que te aísles de otros. No tienes a nadie que te cubra la espalda.

—No es un don. —Mi garganta se atasca.

—Y no tienes a nadie más con quien compartir el secreto. Ni familia. Ni manada —murmura como si hablara consigo mismo.

El dolor bajo del esternón se expande hasta que se me saltan las lágrimas.

Él nota mi expresión.

—Joder, no quería molestarte. —Me levanta para que me ponga de pie y me envuelve en sus brazos

Yo resisto, odio la debilidad.

Él ignora mis intentos de alejarle, su fortaleza me hace sentir como un bebé.

—Solo quiero que sepas que sé lo que te hace sentirte así. No quiero herirte, Amber.

—No puedes herirme —declaro. Pero es la típica afirmación y sé que no es verdad. Dejo de resistirme y dejo caer mi cuerpo contra el suyo, apoyando mi mejilla contra su enorme pecho. Me seco los ojos.

—No dejaré que te hagan daño de nuevo.

Quiero decirle que eso es una mentira de mierda, pero me gusta como suena. Y me encanta la manera en la que me hace sentir estar apoyada en toda su cálida fortaleza y empaparme de ella.

Nunca me había abierto tanto con nadie de la manera que he hecho con Garrett. Ni siquiera estoy segura de cómo lo consiguió. Pero me fío de él. Más de lo que he confiado en nadie en toda mi vida.

—Bien —digo con una voz temblorosa—. Creo que ambos sabemos los secretos del otro ahora.

—Sí. —Apoya su barbilla en mi cabeza. Encajamos perfectamente—. Tu secreto está a salvo conmigo, princesa.

Por un momento permanecemos así, encajados, mirando hacia Tucson. Garrett inhala a través de su nariz y me aprieta con sus manos. Una mano se mueve hacia mi culo, estruján-dolo por encima de mis apretados pantalones de yoga.

—Tenías que llevar estos pantalones. —Ambas manos agarran mi culo ahora, apretándolo y soltándolo, redondeán-dolo y acariciándolo. Recuerdo la manera en la que acarició mi trasero después de ponerlo caliente la noche pasada y un oscuro apetito arde en mi coño.

Me levanta para sentarme a horcajadas sobre su cintura. Su boca cae sobre mi hombro, mitad mordisco, mitad beso. Él levanta y baja mi culo, frotando sobre mí el enorme bulto de su polla.

—Puedo sentir tu pequeño coño caliente, nena. ¿Llevas bragas?

—No —consigo decir mientras trato de respirar. Nunca he deseado a un hombre tanto en mi vida. Ni he estado tan rendida como para dejar a un tío dirigirme y hacer cualquier cosa que quiera.

El pecho de Garrett retumba.

Yo me retiro y veo sus ojos plateados.

—Tu lobo está apareciendo —murmuro.

—Joder. —Me deja en el suelo y me mira fijamente, con los dedos formando unos puños a los costados.

—¿Qué ocurre? ¿Estás bien?

No me contesta. Un músculo en su mandíbula sobresale. Murmulla una maldición y saca los puños.

«Maldita sea». En sus brazos, los músculos son casi tan grandes como mi cabeza. La vista de sus ocho abdominales me hace querer aullar a la luna. Tiene una garra de lobo tatuada en el hombro.

—¿Qué estás haciendo? —Me cruzo de brazos para ocultar mis pezones apretados. A continuación, sus manos van a su cinturón. Lanzo mi mano—. Espera, grandullón. ¿Qué estás haciendo? ¿Crees que vamos a tener sexo, aquí mismo, ahora mismo?

—Necesito cambiar.

—¿Aquí? ¿Ahora? —Miro alrededor—. Garrett, no. —Oímos el sonido de un auto. Estamos en pleno día y cualquiera podría subir.

Él se acerca a mí, su aroma me empapa.

—No puedo evitarlo. Me provocas el cambio. —Sacude la cabeza como un perro—. Y haré esas terribles cosas.

«Por favor, hazlas».

Su piel se ondula en un movimiento terrorífico.

—No, digo. —Y pongo las palmas en su pecho, como si pudiera frenar la aparición del lobo—. Para, por favor. —Sé lo que es ser una niña y no querer ver cosas que se supone que no debo ver—. No lo hagas, no así.

—No puedo parar —dice con voz ahogada—. Va a cambiar enfrente de mí, ahora mismo.

—Quédate conmigo, Garrett. —Hago lo único que se me ocurre. Me pongo de puntillas, estrecho mis brazos alrededor de su cuello y le beso.

Una explosión de calor me atraviesa tan pronto como nuestros labios se tocan, me levanta, agarra con un puño mi pelo y estira mi cabeza hacia atrás. El bulto de su polla dura me presiona la tripa. El beso me incendia el cuerpo y la sensación pasa como una ráfaga por mí. Todo en mí revive.

—Las cosas que quiero hacerte… —Su expresión de lascivia me pone nerviosa.

—Tú puedes hacerlo. —Lo prometo de verdad. Lo quiero —. Pero no aquí, llévame a casa. No tienes que transformarte. —No sé si es mi intuición o el miedo el que habla, pero siento la necesidad de que él esté a salvo. Quiero prevenirle de aquello por lo que está peleando para que no pase.

Él lame mi garganta; mi cabeza todavía está inmovilizada en su garra de acero. Arrastra sus labios alrededor de mi mandíbula, me pellizca la boca. Mi cuerpo responde con mis caderas alejándole de mí, Una fuente de calor interna busca algo para presionarle hacia atrás.

Me muerde el hombro tan fuerte que grito de dolor. Parece que eso le aleja de su lujuria y da un salto hacia atrás como si le hubiera quemado.

—Joder, Amber. —Sus ojos son todavía plateados. Arrastra una mano a través de su pelo rubio, respirando fuerte —. ¿Te he herido? ¡Mierda!

—No. No, no lo has hecho. —Es una media verdad. Mi cuerpo se inclina hacia adelante, echándole de menos. Mis manos quieren quedarse encajadas en ese pecho increíble—. Está bien. —Me acerco a él—. Sé lo qué se siente al estar fuera de control.

—No. —La furia desfigura su hermosa cara—. No puede ocurrir de nuevo. Esto ha sido una mala idea. —Respira fuertemente—. Necesito mantenerme alejado.

—Garrett.

—No puedo estar cerca de ti. —Recorre su cara con una mano. Sus hombros se encorvan. Un gran disparo suena—. Demasiado cerca de una luna llena. Tengo que irme. —Se gira, camina hacia el otro lado de la montaña. Lejos de la carretera. Lejos de mí.

—¡Espera! ¿Vas a dejarme aquí? No puedo conducir una motocicleta. —Trepo hacia él —¿Qué ocurre durante la luna llena?

El eco de sus gruñidos se aleja de las rocas mientras él desaparece, parándome en seco.

—Voy de caza.

~.~

QUE CONSTE EN ACTA: «El hombre lobo abandonó a su cita en la montaña A».

—Gracias por recogerme —le digo a Foxfire cuando aparca en el mirador. El lugar de una cita fallida. He esperado una hora a que Garrett volviera antes de aceptar que tenía que conseguir mi propio viaje de vuelta.

—No hay problema. Es lo menos que puedo hacer después de hacer el ridículo la última noche. —Se ve un poco demacrada, pero inalterable como siempre—. Cuéntame de nuevo qué ha pasado. ¿Fuiste a una cita en el medio de la montaña y él se levantó y se fue?

—Él es… extraño. —«Simplificación del año». Y es

ardiente. Y probablemente millonario. Y un hombre lobo. Y un jodido imbécil.

—Espera —dice Foxfire—. Estoy juntando las piezas. ¿Es tu vecino?

—Sí.

—Y estaba ahí la última noche, ¿verdad?

—Es el dueño del club Eclipse. Y tras llegar a casa, conversamos un poco. —Y me dio unos pequeños azotes seguidos de un gran orgasmo. Tuve sueños calientes toda la noche.

Presiono mis manos contra mis mejillas para ocultar mi sonrojo.

—Él llamó a mi puerta, me asusté y salí por la escalera de incendios. Casi caigo y él me cogió. Me llevó a mi apartamento y me dijo… —Hago una pausa.

—Que no tengas el coraje de volver a poner un pie en su club de nuevo. —Foxfire completa la frase aprovechando mi pausa—. ¿Por mi culpa?

—No, está bien. Creo que nos dejará entrar de nuevo. —Me dijo que podríamos usar el club para la noche fiesta de acogida. Espero que lo dijera de corazón—. Esta mañana me ayudó con mi auto, pero entonces…

—Te llevó de viaje en su moto y te dejó tirada en medio de la nada.

—Sí —digo, frotándome la cabeza. Las sienes me palpitan como si otra visión fuese a venir. Maravilloso.

—Ese tipo suena a problemas. Tú no eres normalmente una temeraria.

—Lo sé. —¿En qué estaba pensando?—. Tenemos una conexión.

—¿Qué podrías tener en común con ese tipo? Está en una pandilla de moteros. Tú pasas las noches trabajando, organizando tus bolígrafos y planchando tu ropa interior.

—Caramba, gracias. ¿Por qué no me llamas solamente aburrida?

—Sabes lo que quiero decir, Amber. Te quiero más de lo que crees, pero eres una loca del control y ese tipo es el caos.

—No lo entiendes. Sentí que podía abrirme a él. Le hablé de mis visiones.

—¿En serio? —Las cejas de Foxfire se arquean tanto que casi desaparecen bajo su flequillo.

—Sí, es la primera persona a la que se lo he dicho en años, aparte de ti. —La abuela de Foxfire era una sanadora, así que creció oyendo el lado espiritual de las cosas. Esta es una de las razones por los que somos tan amigas.

—No puedo creer que confiaras en ese gilipollas. Parece una especie de neandertal.

—Lo es, pero es más que eso. Tuve un episodio enfrente de él y me cuidó.

—Cuando le hablaste sobre las visiones, ¿cómo reaccionó?

Mi cabeza da vueltas ante la palabra «visión» y pongo una mano en el salpicadero para mantenerme en pie.

—Me creyó.

—¿Qué has visto? —pregunta Foxfire.

—Un lobo. —Algo se alumbra en el desierto y miro a través de la ventana. ¿Es un coyote u otro tipo de animal salvaje? Garrett está ahí fuera, corriendo transformado. Por un momento, siento el calor, el aire seco, y me veo pasando cactus, corriendo a cuatro patas. Soy una depredadora, poderosa, sin miedo. La luna sobrevuela el horizonte, oculta, pero siento un cosquilleo en la piel como si me llamara, diciéndome que me transforme.

—¿Acabas de decir hombre lobo?

—No —sacudo la cabeza, aturdida. ¿Acabo de tener una visión?—. Eh… ¿Qué acabo de decir?

—Dijiste «Garrett es un hombre lobo». Al menos creo que es lo que dijiste. Estabas fuera de ti.

«Maldición».

—Eh... Ese es el nombre de su club de motociclistas, creo. Los Hombres Lobo. Tienen una temática lobezna: club Eclipse, tatuajes de la luna, ese tipo de cosas. —«Por favor, por favor, créeme».

—Está bien, lo que sea.

Me quedo quieta, centrándome en mi respiración. Foxfire se deja llevar por el tráfico mientras el desierto deja paso a la expansión urbana. Cierro los ojos, peleando contra el mareo.

—¿Te duele la cabeza? —me pregunta.

—Un poco.

—Pareces un poco enferma, de lo contrario te llevaría a buscar otro apartamento ahora mismo.

Me deslizo hacia abajo en mi asiento. ¿Quiero dejar mi apartamento? ¿No tener a Garrett como vecino? No. Él lo ha fastidiado todo hoy, igual que yo. ¿Puede haber más pruebas de que soy rara?

—No me gusta esto, Amber. —El ceño fruncido de Foxfire crea también surcos en su boca—. Garrett me suena a malas noticias.

—Todo está bien —le digo—. Creo que se mantendrá lejos de mí a partir de ahora. —Ignoro la punzada en mi corazón. Casi no conozco al tipo. No debería importarme si no le veo de nuevo—. Solo llévame a casa. —Mi voz se quiebra al hablar. No puedo mentirme a mí misma. Tras años de casas de acogida, nunca he tenido un lugar seguro al que llamar hogar, un sitio donde puedo ser yo misma, una familia que me aceptara por lo que soy.

Por eso pasar tiempo con Garrett fue tan especial. Por unas pocas y cortas horas, sentí que pertenecía a un sitio.

CAPÍTULO CINCO

arrett

LLEGUÉ A CASA, no gracias a ti. Solo pensé que deberías saberlo.

Leo el texto de Amber mientras entro en el edificio de mi apartamento. Por un segundo me debato entre responder el texto o no, pero me decido por enviar uno a mi hermana

Ha pasado casi un día desde que diste señales. Llámame pronto.

Guardo mi teléfono en el bolsillo antes de estrujarlo en un apretón. «Hembras». Quizá sea algo bueno que mis colegas sean todos machos.

Mi lobo emerge cuando paso por el sitio donde el auto de Amber estaba aparcado. Lo empujo hacia abajo. Horas de correr, perseguir conejos, y todavía estoy encendido. Una mujer es la causa de esto. Capto su dulce aroma en las escaleras y estoy listo para atacar.

«Una pareja».

No hay otra razón por la que debería actuar así. Nunca he tenido problemas con mi lobo antes. Pero una cita con Amber y casi pierdo el control. Estaba listo para rasgarle la ropa, empujarla hacia abajo y cogerla de manera insensata. Peor, mis caninos se habían alargado, listos para marcarla para siempre con mi aroma, para reclamarla como mía y que así ningún otro lobo pudiera pensar en ella. El problema: es humana. Emparejarme con ella significaría renunciar a mi posición como alfa. Un alfa se empareja con otra alfa. Los humanos están tan lejos de serlo como pueda ser posible. Aunque una humana vidente puede que sea diferente. Si engendramos cachorros dominantes con habilidades visionarias sería épico. Pero la manada no va a esperar para ver cómo son nuestros cachorros. Si sienten que un líder tiene una debilidad, otro lobo dominante se movería en un segundo. Tank. O Jackson King, el lobo solitario que es dueño de la compañía multimillonaria SeCure.

No, necesito resistir a Amber. Por su bien y por el mío. «Demonios», pude haberla herido. Tenía cero control, estaba listo para desgarrarle la carne con mis dientes para asegurarme de que sabía que la había reclamado.

Hay una palabra para los lobos que pierden el control así: el mal de la luna. Ocurre cuando el lobo toma el control y consume su deseo de aparearse. Cuanto más dominante es el lobo, más peligroso es.

Soy un alfa, el lobo más dominante que conozco, excepto quizá por mi padre. Está claro que mi lobo quiere a Amber. Para evitar enloquecer, tendré que reclamarla o estar muy lejos.

Subo las escaleras. Estuve fuera toda la noche, corriendo, tratando de cansar a mi lobo antes de tener que acercarme a Amber de nuevo. Pero no he tenido tanta suerte. Mi animal se vuelve loco cuando abro la puerta del pasillo. Por no hablar de mi libido. Mi erección presiona dolorosamente contra mis *jeans*.

Se abre la puerta de Amber. Su nombre salta a mis labios, pero sale una mujer diminuta con el pelo del color del arco iris. Cierra la puerta con cuidado con una mano, con la otra sujeta un bolso grande y flexible mientras camina por el pasillo. En el último momento, mira hacia arriba cuando empiezo a pasarla.

—¡Tú! —Se queda parada, se pone las manos en las caderas y levanta la vista para mirarme—. ¿Cuál es tu propósito?

—¿Perdone? —Mi lobo normalmente bufaría ante el reto a mi autoridad, pero esa pequeña mujer huele como Amber—. ¿Quién eres tú? —digo al tiempo que la reconozco de la noche anterior.

—Foxfire. Soy amiga de Amber. Ayer la recogí en lo alto de la montaña donde la dejaste tirada.

Sus dedos casi golpean mi pecho.

Mi garganta vibra con un gruñido.

—Cariño, necesitas retroceder.

—Necesitas estar lejos de mi chica. Tu pandilla de hombres lobo.

—¿Qué? —casi bramo.

Ella sacude las manos.

—Como quiera que se llame tu banda. Lobos u Hombres Lobo. Podéis llamaros Cabrones Estúpidos o lo que sea, solo dejad a Amber en paz. —Con el último grito, se aleja pisando fuerte, dejándome temblando, mi piel crujiendo con el deseo de cambiar y destrozar la amenaza a mi manada.

Amber dejó escapar mi secreto. Yo confié en ella y lo primero que hace es decírselo a su colérica amiga, quien lo divulgará a todo el mundo

—¡Oh, diablos, no! —Camino hacia la puerta de Amber, apretando fuerte mi puño. ¿Quiere ver a un lobo malo y grande?—. ¿Amber? Abre.

Si va a escapar de nuevo se arrepentirá.

Siento el aroma a vainilla y naranja dulce.

—Abre la puerta, Amber.

—¿Qué vas a hacer? —Oigo el tamborileo de su pálpito incluso a través de la madera.

—Ábrela ahora. Uno… dos…

La cerradura se abre. Su cara se ve enjuta y pálida.

—Sabia decisión. —Empujo para pasar a su salón.

Ella me sigue por detrás.

Me detengo, apretando los puños como si me ayudara a mantener mi lobo a raya. No sé qué diablos hacer. No quiero amenazarla con la típica consecuencia mortal que pesa sobre un humano cuando sabe nuestro secreto. Me pegaría un tiro en la cabeza antes de dejar que alguien dañe a esta hermosa humana.

—Rompiste tu palabra.

Ella se queda de pie, con los hombros encogidos y los ojos en el suelo.

La pose sumisa provoca un cambio en mí. Mi polla se pone dura como una roca a pesar de mi decepción. La ira auténtica da paso a un lujurioso deseo de poner su culo rojo. Justo antes de agacharla y golpearla por detrás.

—No quise decírselo —susurra—. Tuve una visión y se me escapó. Le dije que era el nombre de tu banda de motociclistas.

Algo de la tensión en mi cara cesa. Reviso lo que Foxfire dijo y encaja. No quiero que nadie piense que somos lobos, ya sea como banda o el animal real.

—Bien, no tenemos una banda. ¿Qué vas a decirle cuando averigüe que no nos llamamos así, incluso ni en broma?

Ella se encoje más y más. Normalmente no estaría tan acobardada, pero percibo la vergüenza en su aroma. Está realmente arrepentida.

Mi pecho retumba con mi lobo mientras merodeo a su alrededor.

—No creo que lo entiendas. Los cambiantes no permitimos que los humanos sepan que existimos. Es una práctica común eliminar cualquier amenaza a nuestra privacidad.

Amber todavía no se ha movido. No estoy seguro de que esté respirando del todo. A mi lobo le encanta dominarla, aunque la parte humana de mí tiene dificultades para mantener el control. Imágenes de sujetar sus delicadas manos a la pared y golpear ese lindo trasero inundan mi cerebro.

—Ya estabas en peligro, Amber. Me gustaste, así que estaba dispuesto a arriesgarme y dejarte vivir. Pero ahora que las dos lo sabéis acabas de poner a tu amiga en grave peligro.

—Por favor, no lastimes a Foxfire. —Una lágrima le cae por la mejilla. Su aroma salado calma mi irritación más rápido que un dardo tranquilizante. Otra señal de que ella es mi compañera.

Paso los dedos por su cabello, agarro un puñado de pelo y lentamente le inclino la cabeza hacia atrás, exponiendo su cuello. Por un segundo mi visión se oscurece, mientras lucho contra el animal que brama para marcarla.

—Eres traviesa, Amber —respiro en su oído, atrapando una nota de excitación en su aroma asustado.

Se queda clavado en mí. Dejo que sienta el peso de mi dominio. Que comprenda lo peligroso que soy en realidad.

—¿Qué voy a hacer contigo?

Suena mi teléfono, rompiendo el hechizo. Doy un paso atrás y lo saco del bolsillo. El nombre de Sedona en la pantalla me hace responder rápidamente.

—¿Por qué demonios no he oído nada de ti hasta ahora?

—Oh —dice una voz masculina—. Soy Jason, amigo de Sedona. Estamos en San Carlos.

Se me hiela la sangre.

—¿Sí?

—Sedona... Bien, está algo así como desaparecida.

—¿A qué te refieres con «algo así como *desaparecida*»? ¿Dónde está?

—No lo sabemos. Salió a correr a la playa y nunca regresó. Hemos buscado en todas partes. Incluso llamamos a la policía, pero no parecía que les importara mucho. Estábamos pensando que tal vez podrías llamar a la embajada o algo así.

«Sedona. Mi hermana. Desaparecida».

Mi animal se agranda en mí, arañando la superficie. El rostro preocupado de Amber aparece frente a mí. Me concentro en ella.

—Ya voy —ladro con mi voz casi convertida en lobo—. ¿A dónde?

El chico capta lo que le estoy pidiendo y promete mandarme la dirección. El pensamiento de que tengo que esperar para saber a dónde ir es lo único que me evita que estruje el teléfono.

—¿Qué pasa? —pregunta Amber. Y debería asustada. Ella despertó a un depredador grande y malvado. Me cierno sobre ella y ella da un paso atrás, como la buena presa que es.

—Mi hermana, Sedona. Está desaparecida.

—¡Oh, no! —Sus ojos se agrandan. Su espalda toca el muro, pero nunca para de mirarme—. ¿Qué ha pasado?

Como respuesta, empujo los antebrazos a cada lado de su cabeza, enjaulándola. Mi cuerpo la cubre. Un movimiento y mi polla se rozará contra ella y perderé el control. Mis puños pelean porque esté quieto. Agacho la cabeza, inhalo su cálido y dulce aroma. «Amber, mi pareja». Ella es lo único que me mantiene en pie ahora mismo.

Ella es la única con el poder de hacerme pedazos.

—¿Garrett? —Mi nombre en sus labios me hace olvidar mis fallos como hermano y el terror por Sedona desaparece. Quiero respirar a Amber y tenerla solo a ella.

En cambio, me retiro lo suficiente para que ella vea la luz plateada en mis ojos.

—Empaqueta un bolso y toma tu pasaporte. Nos vamos a México.

—¿Qué?

—Eres psíquica. Ves cosas que otros no. Vienes conmigo a encontrarla.

—Lo siento, Garrett, pero no puedo. Tengo que trabajar el lunes.

—No estoy preguntando. Rompiste las normas, pequeña humana. No puedo dejarte que vayas corriendo libre, y yo tengo que irme, lo que significa que vienes conmigo. Ahora me perteneces.

~.~

Amber

ME ACURRUCO en el asiento trasero del Range Rover de Garrett, temblando, aunque no hace frío. Las puertas a ambos lados de mí se abren, y Jared y Trey se deslizan dentro, encajándome entre ellos.

Que conste en acta: «No me gustan los cuartetos ni los

escenarios de secuestro». Supongo que debería habérselo dicho a Garrett, porque esta no es mi idea de una gran segunda cita.

—¿Qué pasa con la abogada, jefe? No parece feliz de estar aquí.

—Ella viene con nosotros. No la dejes escapar —gruñe Garrett. Se sube al asiento delantero y sale del aparcamiento. Me apresuro a hacer clic en mi cinturón de seguridad. Mis dos guardaespaldas, porque eso es lo que son, no se molestan.

El tatuado, Jared, se sienta con los brazos cruzados mientras Garrett esquiva el tráfico, y me mira.

—¿Cuál es tu plan con ella?

—Estoy sentada justo aquí —murmuro.

—¿Vamos a tener que matarla? —Trey rumorea.

—Si quisiéramos matarla, ya estaría muerta, y estaríamos deshaciéndonos de su cuerpo —Jared dice mientras me ahogo en mi propia respiración.

—No vamos a matarla. Nos va a ayudar —dice Garrett.

—¿Oh, sí? —Jared me estudia. Tiene pestañas largas y ojos avellanados—. Había olvidado que es una psíquica.

—¿Se lo dijiste?

Los ojos de Garrett se encuentran con los míos en el espejo retrovisor.

—No escondo nada a mi manada.

«¡Oh! ¿Aquí no hay reciprocidad?». Me trago una réplica. Ahora no es el momento para que la abogada Amber haga valer su caso. Tal vez cuando la energía dentro del auto no esté cargada de tensión. Apenas puedo respirar.

—¿Piensas que puedes presentir a una persona perdida, chica vidente? —pregunta Jared. Uno de sus tatuajes es un esqueleto enredado amorosamente con una mujer muy rolliza y medio desnuda. Encantador.

—Mi nombre es Amber. —Saco mi voz arrogante para

reforzarme contra el miedo—. Y la respuesta es *no*. No es una habilidad que sepa utilizar. Es algo que me ocurre a veces.

—Bien, necesito que lo intentes —Garrett dice desde su asiento delantero.

—Realmente no sé cómo. —No lo sé. Y me va a culpar si no funciona.

—¿Entonces es nuestra prisionera? —Trey presiona.

Yo me pongo rígida por la manera casual en la que lo dice, como si tomar prisioneros fuera parte del proceso.

—Ella habló —Garrett murmura.

—La estás asustando. —Jared pone un brazo a mi alrededor y me masajea el hombro suavemente—. Está temblando como una hoja.

—No la toques —El bramido de Garrett hace que me quede estupefacta. Sus ojos plateados brillan en el espejo.

Jared quita el brazo. Trey se queda rígido en su sitio, poniendo unos pocos centímetros entre mí y su gran cuerpo.

—Sí, señor —dice Trey.

—Entendido, jefe —Jared remarca.

Parecen punks pero suenan como si estuvieran en el Ejército.

Garrett no ha acabado.

—Si alguno de vosotros la toca os romperé la cara, ¿entendido?

«Neandertales. Estos tipos son totalmente neandertales». Pero mi cuerpo entero se ruboriza y una parte de mí disfruta su amenaza posesiva. ¿O es solo protección? De cualquier manera me produce un cálido vuelco en el estómago.

—Así que, si trata de escapar, solo la detengo con mi campo de fuerza invisible —murmura Trey.

—¿En serio me estás replicando? —Garrett exhorta. Sus dedos están blancos en el volante.

—No, señor. —Trey intercambia una mirada con Jared,

elevando sus cejas ligeramente como si se preguntaran: «¿Qué le ocurre?».

Respiro un poco aliviada después de ver este intercambio.

—Amber tiene una amiga —dice Garrett. Y yo me pongo tensa de nuevo—. Su nombre es Foxfire. Estaba en el club.

—¿La señorita que lo vomitaba todo? Ya recuerdo —dice Jared.

—Llama a Tank y dile que tenga un ojo puesto en ella.

—¿Qué? —suelto abruptamente antes de pensar—. No.

—Sí.

—Foxfire es inofensiva. Piensa que los Hombres Lobo es el nombre de tu banda de moteros o algo así. Juro que no se lo dirá a nadie. —Mi voz se eleva desesperada.

—¿Dijiste algo sobre nosotros? —pregunta Trey—. Me doy cuenta de cómo de serio es el asunto por la manera en la que la temperatura del cae en picado. Estoy metida en un gran problema.

—Tuve una visión. Se me escapó. No lo pagues con Foxfire.

—No le haremos ningún daño a tu amiga — dice Garrett —. Lo juro por mi lobo.

—Solo necesito su dirección. —Jared hace una pausa en medio del texto.

Sacudo la cabeza. Las lágrimas me queman en los ojos. Estúpidas, estúpidas visiones. Estúpidos hombres lobo. Yo no pedí nada de esto.

—Por favor —susurro.

—Amber —dice Garrett.

Encuentro sus ojos en el espejo.

No dice nada más, pero simplemente su apariencia me hace ceder a su inflexible voluntad. Quizá tenga el síndrome de Estocolmo. Con un suspiro, les digo la dirección de Foxfire.

—Estará bien —me asegura Garrett.

—Sí, no te preocupes —añade Trey.

Conducimos en silencio cuarenta minutos hasta que pasamos la señal de la frontera mexicana. Una sacudida me recorre el cuerpo cuando lo comprendo. ¿Realmente voy a dejar el país con estos lobos?

—Amber, mírame —Garrett toca el espejo retrovisor hasta que me encuentro con sus ojos—. No quiero problemas —me advierte—. No llames la atención de ninguna manera. No hables a menos que te pregunten directamente. No les des ninguna razón para que nos paren. ¿Entendido?

Yo aprieto mis labios. Mi corazón se acelera. Raptada por una manada letal de lobos y llevada a México. ¿Voy al menos a regresar? La Amber abogada nunca permitiría que unos extraños la llevaran fuera del país. Obtuvo la puntuación más alta en el examen de abogados. No es estúpida. ¿En qué momento dejé de pensar con mi cerebro y empecé a pensar con mi vagina? No dejo que nadie me maneje, sea hombre lobo o no.

—¿Estamos de acuerdo?

Me fuerzo a afirmar con la cabeza antes de mirar atrás. Tengo que pensar en algo, rápido. Esto es una locura y me he pasado la vida tratando de mantener a la Amber loca fuera de ella.

Nuestro auto avanza pocos centímetros en la fila. Cuando llegamos a la pequeña cabaña de cemento, Garrett apaga el vehículo, indicando que todos tenemos que salir para llevar nuestros papeles a la oficina. Me pone su gran mano en el hombro mientras caminamos hacia adelante.

Una vez dentro, continúa dirigiéndome. Relleno el formulario de visa de turista y lo presento cuando el hombre detrás del mostrador me hace un gesto.

—Disculpe —Rezo por que Garrett no hable español. Me aprieta mientras me apresuro—Tengo un problema.

Un estruendo proviene de Garrett, bajo pero distintivo. Una advertencia.

Me trago las palabras. ¿Qué demonios estoy haciendo?

—Eh... ¿dónde está el baño? —pregunto por el baño en vez de explicar mi problema.

El hombre apunta hacia la señal «Damas» en el servicio.

Muevo la cabeza y Garrett suaviza su apretón.

—Gracias.

Cuando el hombre devuelve los documentos yo me dirijo al baño, con Garrett en mis talones.

—Saldré enseguida —le digo.

Dentro, exploro mis opciones. Como muchos edificios en México, la pequeña estructura de cemento es sencilla, con ventanas sin cristal cerca de un techo que se abre con bisagras. Puede ser estrecho, pero puedo ser capaz de pasar a través de la pequeña apertura. Permanezco en el baño y me alzo sacando una pierna por la ventana. Me quedo a medias y caigo al suelo, jadeando.

«Venga, Amber, tú puedes hacerlo».

Otro intento y puedo enganchar un tobillo sobre el borde de la ventana abierta. Mi corazón se acelera como un colibrí cuando paso mi la pierna hasta la rodilla, entonces me sujeto en lo alto y balanceo mi otra pierna arriba. Lentamente, empujo mi cuerpo hacia adelante, en un ángulo que encaja el estrecho pasaje. No tengo ni idea de qué hay fuera, probablemente un guarda con una pistola que asumirá que soy una criminal. Pero hablo español. Puedo presentar mi caso. Es mejor no incriminar a los hombres lobo. Solo diré que no me encuentro bien y que necesito tomar un taxi de vuelta a Tucson o algo así. Alguien aquí tomará gustosamente mi dinero.

Me retuerzo y me giro, impulsándome a través de la ventana. Tomo aire y coloco mi cintura sobre el estrecho borde de la ventana.

Una mano me sujeta el tobillo y grito. Me sacudo y me golpeo la cabeza contra el techo. Me giro para ver quién me ha agarrado, pero mi propio cuerpo me bloquea la vista. Intento liberarme de una patada y, por un momento, casi lo consigo, pero luego dos manos me comprimen las caderas, me levantan y me sacan del agujero.

Garrett. Solo un cambiante es así de fuerte.

Me deslizo por su cuerpo duro y musculoso. Aterrizo en el suelo y me enfrento a noventa kilos de macho descontento.

—¿Qué te dije sobre huir de un lobo?

Mis pezones están duros por arrastrarlos por su pecho. Su aroma limpio me atrae, recordándome la noche en que me llevó a su apartamento y me dio una palmada en el culo. Debo de estar loca, porque la mitad de mí espera que vuelva a castigarme así. Respiro temblorosamente.

—Valió la pena intentarlo.

Él arquea una ceja, deslizando sus brazos hacia mí y empujándome cerca de su fuerte complexión.

Yo sofoco un gemido.

—Escucha, sé que soy un imbécil por arrastrarte hasta aquí. Sé que estás asustada. Pero no puedes escaparte de mí. Mi lobo te perseguirá y podría ser peligroso para ti. Además, necesito tu ayuda. —Se clava los dedos en su cabello, dejándolo revuelto.

Sus emociones son palpables para mí. Nunca me he considerado empática además de clarividente, pero con él, parece que lo soy.

—Y-Yo ni siquiera sé a dónde estamos yendo.

Me aparta un mechón de pelo de los ojos.

—Vamos a San Carlos, donde mi hermana desapareció

esta mañana. Ella también es una mujer lobo y se ha desvanecido en el aire.

—Pero… ¿quién puede raptar a un lobo?

Su mandíbula se tensa, pero respira lentamente y exhala.

—No lo sé. Pero necesitamos encontrarla. Y pronto.

La imagen de un lobo aterrorizado apoyándose al lado de ella, rodeado de hombres, destella ante mis ojos. El hielo me inunda las venas.

Garrett está diciendo la verdad.

~.~

Garrett

Lanzo a Jared las llaves.

—Tú conduces —digo, dirigiendo a Amber al asiento trasero y subiéndome tras ella.

Saco mi teléfono y abro las fotos, pasándolas hasta que encuentro una de mi hermana y se la muestro a Amber—. Esta es Sedona. Se fue para hacer una ruta por la playa y no volvió.

Amber mira la foto y se mordisquea el labio.

—¿Crees que seré capaz de averiguar dónde está?

—¿Verás si captas algo? ¿Cualquier cosa?

Ella fija sus ojos el teléfono pero no significa que esté mirando la foto. Sus ojos están desenfocados.

Me esfuerzo por no dar un golpe de frustración y espero.

Finalmente, dice con voz temblorosa.

—¿Y si veo algo que no quieres saber?

—¿Qué ves?

Ella mira fuera de la ventana, como si sus ojos estuvieran hechizados.

—¿Qué?

—He visto un lobo blanco, a su lado, sufriendo, rodeado por hombres.

Mi lobo revienta en mí. Todo mi cuerpo se sacude con el cambio que casi ocurre. Mi bufido vibra a través del coche.

Parpadeo, pero cuando miro alrededor, Amber está casi en el regazo de Trey.

—Permanece quieta, con los ojos abajo —le susurra.

«¿Por qué diablos está en sus brazos?»

La alcanzo y la arrastro a mi regazo.

—Dije que no la tocarais. —Mi voz se ahoga con el lobo.

—La asustaste, jefe —Jared mantiene la mirada hacia abajo, la voz calmada y uniforme.

—No pelees con él —advierte a Amber, y me doy cuenta de que la pequeña humana está retorciéndose en mis brazos.

Suavizo la fuerza con la que la agarro.

—Lo siento. —Un último aliento del aroma de Amber y la dejo deslizarse de mi regazo para que se siente.

Empieza a levantar la mirada, pero vuelve a bajarla y se queda quieta como un conejo que cree que el halcón que está sobrevolando no puede verla.

Aflojo los puños y extiendo la mano para acariciar su cabello.

Ella no se mueve.

—Te lo dije. Nadie quiere saber las cosas que veo.

—No, yo quiero. —Estoy a punto de pedirle perdón de nuevo cuando capto el aroma de sus lágrimas. Mi lobo gime y retrocede. Es casi un alivio no sentir el poder de un animal clamando por libertad. Cuando mi cerebro y lógica regresan, estoy invadido por esta dulce humana que obviamente considera su don una maldición. Cómo ha sufrido por esta habilidad. La necesidad de protegerla y cuidar de ella pesa más que el peligro al que se enfrenta Sedona, por el que no puedo hacer nada en este momento.

Ahueco su barbilla con un gentil toque y le levanto la cara.

—Has visto cosas que no deseabas —supongo, manteniendo la voz suave y amigable.

Sus ojos se llenan con lágrimas nuevas.

—Sí.

—Dime —espeto mientras muevo mi mano través de su pelo, liberando más de su aroma. No quiero arrastrarla a través de malos recuerdos, pero sé que no comparte mucho de ella con otros. Quizá salir podría ayudar.

Ella sacude la cabeza y los hombros se le hunden.

—Todo tipo de cosas. Hombres lobos, por ejemplo —dice con una mueca irónica.

—Sí, creo que hemos cubierto eso.

—Vi al esposo de mi maestra de inglés de la escuela secundaria golpeándola, la violación de una amiga. Veo los traumas de la gente, sus peores secretos. Es una maldita maldición. Tengo un sueño recurrente de un cachorro quieto sobre sangre —dice, con lágrimas cayendo por su rostro—. Y cada vez que lo tengo, alguien muere. Primero, mi papá. Más tarde, mi mamá. Luego un trabajador social. Cuando era pequeña, pensé que yo hacía que esto ocurriera.

Deslizo mi brazo alrededor de sus hombros y la acerco.

—Lo siento, cariño. Eso es terrible.

Ella suspira.

—Sí, solo veo cosas malas — ella interrumpe su discurso, mirándome fijamente, con los ojos abiertos, y todo el aire sale del Range Rover.

—¿Tú crees que soy una cosa mala? —supongo. Mis órganos se convierten en roca.

Ella traga saliva y estudia el tatuaje en mi mano.

Puede ser que yo sea malo para ella. «Mierda». El hecho de que sepa sobre nuestra existencia la pone en riesgo para cualquier miembro vigilante de la manada. El hecho de que mi lobo quiere marcarla con sus dientes la arriesga a estar encadenada a mí toda su vida o peor, morir por una infección o desangrada.

Pero no voy a dejar que nada de eso le pase. No importa cómo.

—Tú ves secretos —digo firmemente—. El cambiante soy yo. Eso no significa que voy a herirte, nena. —Lo digo incluso dudando de que me vaya a creer. La forcé a venir conmigo. La he puesto al límite para ganarme su silencio.

Su mirada vaga por la ventana del coche, su expresión está en blanco.

«Maldición». Lo he fastidiado todo.

~.~

 *arrett*

LLEGAMOS a la playa al anochecer y entramos en Condos Pilar, el conjunto de apartamentos de alquiler vacacional ubicado a lo largo de la arena blanca. Salgo y acecho la puerta del condominio donde estuvo Sedona, sin esperar a ver si el resto me sigue. Llamo a la puerta y escucho las voces de jóvenes y pasos corriendo.

—Hola, tío —Jason, el chico que llamó, abre la puerta. El resto me mira con los rostros petrificados. Los conocí a todos cuando Sedona se detuvo al salir, pero maldita sea si recuerdo todos los nombres. El lugar huele a crema solar, licor y a algo agrio que me recuerda a las náuseas.

Trey, Jared y Amber llegan detrás de mí mientras el grupo de estudiantes universitarios se reúne alrededor. Repiten sus historias, cada una con la misma variación que ya escuché: Sedona salió a correr a la playa esa mañana y nunca regresó.

Nadie vio a nadie ni a nada amenazador. Hablaron con las autoridades y presentaron un informe, pero como no habían pasado veinticuatro horas desde que desapareció, no se ha hecho nada.

Mis puños se aprietan a mis costados, el lobo se enfurece bajo la superficie. Cuanto más hablan, más siento que me estoy saliendo de la piel. Finalmente, alcanzo a Amber. Mi lobo la necesita cerca, y estoy dispuesto a darle lo que sea que él quiera para evitar el cambio y destrozar este lugar. Los jóvenes ya parecen nerviosos, sus miradas en el suelo o lanzándose hacia mí y luego alejándose. Los humanos a menudo no comprenden el sistema de dominio de los animales, pero sus cerebros primarios reconocen a un depredador cuando lo ven.

Amber se inclina hacia mí, su brazo se desliza alrededor de mi cintura y me da un apretón. Todavía está demasiado pálida y se muerde el labio inferior. La asusté, trayéndola aquí y evitando que se escapara. Pero aquí está ella, consolándome. Su peso cálido contra mi costado me mantiene concentrado.

—Está bien, ¿sabes cómo podemos alquilar un lugar para pasar la noche aquí? —pregunto. Es casi de noche y me muero de ganas de cambiar y oler toda la playa.

—En realidad, estábamos pensando en regresar a casa esta noche. Podríamos informar a las autoridades de Tucson. Así que podrías quedarte aquí.

Normalmente haría cualquier cosa para evitar involucrar a las autoridades, pero en este caso, sin saber qué le ha pasado a Sedona, quiero toda la ayuda que podamos conseguir. Debería llamar a mis padres también, pero no quiero preocupar a mi madre ni a mi padre para comenzar una guerra. Si puedo encontrar a Sedona yo primero, sería mejor. Si no, los llamaré por la mañana.

—Eso suena como un buen plan. Gracias a todos.

En veinte minutos, los amigos de Sedona se van. Nos instalamos en el lugar; mis compañeros de manada buscan en el frigorífico las sobras de los estudiantes universitarios para comérselas.

—Iremos a oler la playa —dice Jared, quitándose la camiseta.

Flexiono los músculos, mi cuerpo también está ansioso por cambiar. Confío en Trey y Jared, pero mi lobo no descansará hasta que haya ido a oler yo mismo. Pero no puedo dejar a Amber aquí sola. No estoy seguro de que se quede quieta. Su intento de trepar por la ventana del baño en el cruce fronterizo me tiene cauteloso.

—Tráeme la cinta adhesiva del maletero del Range Rover —le ordeno a Trey en voz baja. Él levanta las cejas como si pensara que estoy loco, pero obedece.

Cuando regresa, tomo la mano de Amber y la dirijo hacia un dormitorio.

Una vez que estamos dentro, se da la vuelta.

—¿Estás bien?

—Sí —dejo escapar un suspiro. No puedo olvidar que nos traicionó, no importa cuánto la quiera mi lobo—. Escucha, nena. Tenemos que ir a olfatear la playa. Siento mucho tener que hacerte esto. —La hago girar y le ato las muñecas a la espalda.

—¿Qué demonios? ¡Basta! —grita, el pánico real entra en su voz.

—Tranquila, tranquila —le susurro al oído. Si hacer esto es necesario, prefiero ser seductor en lugar de abusivo. Estoy duro como una roca y recuerdo lo mucho que le gustó que la retuviera anoche. Si puedo convertir esto en algo sexi, podría lograr que no me odie por el resto de nuestras vidas.

Trabajo rápidamente, envolviendo la cinta adhesiva alrededor de sus muñecas y levantándola por la cintura.

—Estás a salvo conmigo, abogada. No va a pasar nada terrible. Es solo que después de ese pequeño intento de escape que hiciste en la frontera, no me siento cómodo dejándote aquí sola mientras voy a revisar la playa.

La resistencia de Amber se afloja. Siento su confusión, la elección entre mantenerse tensa o simplemente ablandarse y mantener la armadura.

Muerdo el borde de su oreja.

—Sé una buena chica y te prometo que te recompensaré cuando regrese, cariño. Incluso te mantendré atada.

—Eres un sádico…

Le corto la diatriba con un fuerte beso.

Cuando paro, me mira aturdida, con los labios entreabiertos. Aprieto los dientes para evitar separar esas piernas y recompensarla de inmediato. La inmovilizo, la pongo en una silla de respaldo alto y la dejo allí mientras arranco la cinta. Se le escapan pequeños gruñidos de enfado.

Pequeños rugidos sexis.

—¿Me gruñes a mí, princesa?

—No me llames así.

—Estás jodidamente linda cuando te enfadas. —Aseguro sus muñecas y la ato a la silla.

—Deja que me vaya, Garrett. Esto no es divertido.

Me arrodillo a sus pies y le separo las piernas. Lleva los pantalones de yoga de esta mañana y su excitación se ha filtrado. Presiono mi cara en el vértice de sus muslos, abro la boca y muerdo su sexo a través de la fina tela.

Empuja su coño hacia mi boca, haciendo el más lindo sonido de descontento.

—Ambos sabemos que te gusta estar inmovilizada,

abogada. —Paso mi pulgar lentamente sobre su raja—. Te compensaré cuando regrese. Tienes mi palabra.

Se ve tan hermosa, con sus ojos dilatados, el cabello revuelto, los labios carnosos entreabiertos. Mi lobo surge a la superficie y mi campo visual se reduce. «Mierda». Supongo que todavía quiero marcarla. Desesperadamente.

Es tiempo de irme.

Arranco otro trozo de cinta y lo fijo en su boca.

—Lo siento cariño. Pero esta es la única forma en la que me siento cómodo dejándote. Volveré pronto. En no más de un par de horas.

—¡¿Rmmm rmmms?! —repite en un grito silenciado.

—Sé buena. —Le acaricio el pelo, mirando sus tetas sacudiéndose mientras sigue retorciéndose—. ¿Tienes hambre? ¿Necesitas algo antes de que me vaya? Sé buena.

Sus cejas se juntan de golpe.

—Mmm, mmm, mmm, mmm. —Trata de patearme con los ojos entrecerrados.

—¿No? Está bien, cariño. ¿Baño? Supongo que debería haberte preguntado eso antes de atarte. ¿No? De acuerdo. Regresaré antes de que te des cuenta.

Tiro de su cabeza hacia un lado y muerdo su cuello.

—Por favor, no te agotes peleando con esa cinta.

Otro grito furioso, y no puedo evitar inclinarme para besar sus labios a través de la cinta. Ella intenta darme un cabezazo.

Riéndome, retrocedo y la miro de arriba abajo. Su pecho palpita y hay manchas rosadas en sus mejillas. Jodidamente hermosa.

—Este *look* te favorece —digo arrastrando las palabras, solo para ver la ira y la frustración brillar nuevamente en sus ojos.

Ella se queda quieta y me mira.

—¡Arg! Oho —pronuncia cada palabra claramente, lo mejor que puede detrás de la cinta.

—Ahí está mi buena chica mala.

~.~

Amber

QUE CONSTE EN ACTA: «Voy a comprar el mayor cascanueces que exista». Así veré cómo a Garrett McLobo el imbécil le gusta tener un rompe bolas de metal atrapado en sus huevos.

Primero tengo que salir de aquí.

Yo tiro de la cinta por milésima vez, pero no cede.

La puerta delantera se abre de repente. Me siento recta, lista para otra ronda con un hombre lobo.

Pero cuando Garrett entra, con la cabeza baja, sus hombros desplomados, con líneas de preocupación plegadas en su frente, toda idea de lucha desaparece. No necesito una visión que me muestre que no ha encontrado nada.

Está sin camisa. Sus esculturales pectorales, con rizos marrones llenos de polvo, resaltan sobre los ocho bloques de abdominales y su estrecha cintura. En el momento en el que me ve, su enorme polla presiona contra sus *jeans*. También lo noté cuando me ató. Esto me pone locamente cachonda, pero me fastidia incluso más.

Hago un sonido en forma de pregunta y elevo mis cejas.

—Nada. —Sacude la cabeza—. No hay signo de ella. Los tres olfateamos pero no pudimos captar su aroma. Probablemente el océano lo disipó.

Hago otro sonido de consuelo. Él parece muy abatido.

Me arranca la cinta de la boca y el escozor me ayuda a recordar mi rabia.

—¡Ay! —chasqueo.

—Lo siento. Rompe la cinta de mi pecho con sus manos desnudas, rasgándola enfrente de mí como si fuera papel de clínex.

—No tengo nada que decirte.

—Estoy seguro de que sí, abogada. —Parece cansado, pero divertido, envuelve sus brazos alrededor de su pecho, imitándome. Por alguna razón cambia mi estado de ánimo al modo caliente.

—Eso es divertido. Actúas como si me respetaras. Pero por mis últimas experiencias, cuando respetas a una mujer no la raptas y la conduces a través del borde de México. —Canalizo a la Amber abogada tan fuerte como puedo para no gritar como una loca—. ¿Te das cuenta de que esta es la peor segunda cita de la historia de las citas? Y digo esto porque la primera fue épicamente mala. ¿Por qué me estás sonriendo así?

—Mi lobo piensa que eres adorable cuando estás enfadada. Pero ten cuidado, pequeña abogada. Estoy realmente encendido ahora mismo, y tú sabes justo qué me haría sentir mejor.

—¿Qué?

—Echarte sobre mi hombro, llevarte a la cama y cogerte de seis maneras distintas hasta el domingo.

—Ya es domingo —digo con una voz extraña. Mis restos de señorita están animándose.

—Sí —dice Garrett. —Me tomará alrededor de una semana. Se inclina hacia adelante—. ¿Cómo es el final de nuestra segunda cita?

—Esto no es una cita.

—Lo sé. Tú eres la que lo ha llamado así. ¿Te gusta pasar tiempo conmigo, asesora?

—¿Qué? No, yo... —Mis mejillas se inundan. Maldigo mi libido por elegir este momento para acelerarme.

Garrett se acerca suficientemente cerca para que sienta su risita en mis braguitas.

—Prometo que nuestra tercera cita seré épicamente mejor.

—Mira. —Yo mantengo alzada una mano, tratando de poner espacio entre nosotros. La palma aterriza en su pecho duro como una roca, lo que no me ayuda a concentrarme del todo—. Tu hermana está desaparecida. Necesitamos encontrarla.

Mi recordatorio absorbe la energía fuera de la habitación. Maldición. Demasiada espera para mi recompensa. Debería haberle dejado tenerme atada un poco más.

—Sí —suspira Garrett, y se desploma. Parece tener unos mil años—. La viste rodeada de hombres, así que no se ahogó. O se perdió. Hace doce horas que está perdida. Ningún humano podría haberla tomado, ella les arrancaría la garganta. Así que tienen que ser otros cambiantes.

—Está bien. Me trajiste aquí para ayudar. ¿Cómo puedo hacerlo?

Se clava los dedos a través de su despeinado cabello rubio.

—¿De verdad?

Asiento con la cabeza. Odio ser Amber la loca, tengo miedo de convertirme en ella, pero nunca he sido el tipo de persona que se aleja de alguien que lo necesita. Si cree que puedo ayudar, tengo que hacerlo. Incluso si técnicamente me secuestró y me ató con cinta adhesiva.

—Este es el asunto. Estamos en el punto en el que debería llamar a mi padre. Pero si viene aquí, traerá cien lobos armados y destrozará esta ciudad antes de hacer preguntas. Si pudieras obtener más información antes de que lo llame, podría evitar que los lobos, especialmente Sedona, salgan heridos.

—Pero no sé cómo usar las visiones. Simplemente vienen.

Toma mi mano y frota su pulgar sobre el dorso.

—Sólo inténtalo.

—Está bien —susurro.

Tonterías. No estoy tan listo para abrazar este lado de mí misma. Especialmente alrededor de esta gente, lobos que apenas conozco.

Excepto que Garrett no parece un extraño. Para nada. Y tampoco me hace sentir loca. Quizás pueda hacer esto.

Al menos puedo intentarlo.

~.~

Garrett

—Entonces, ¿quién crees que se llevó a Sedona? —pregunta Jared mientras nos sentamos alrededor de la mesa comiendo los tacos de pescado que él y Trey compraron. Es tarde, pero nadie puede dormir—. ¿Viste cómo era su apariencia en tu, hum, visión o lo que sea?

Amber niega con la cabeza. Se apoya en la encimera de la cocina y come de pie. Todavía pone distancia entre nosotros. Es una buena idea, pero quiero llevarla a mi regazo y alimentarla con mis dedos.

—¿Eran lobos? —Trey gira el cuello para mirarla.

Su frente se arruga.

—No, eran hombres. —Ella hace una pausa—. Bueno, ¿cómo iba a saberlo? ¿Hay una señal reveladora o algo así?

—Sus ojos. ¿Cambiaron de color o brillaron?

Frunciendo el ceño, niega con la cabeza.

—No lo recuerdo.

—¿Puedes tener la visión de nuevo?

—No es como una película que alquilo. Simplemente vienen a mí.

—¿No las controlas en absoluto?

Frunzo el ceño a Trey para callarlo.

—No —dice bruscamente—. Esa no es la forma en la que funcionan.

—Bueno, esto no es justo —murmura Trey.

Gruño y él ajusta su expresión a algo más amigable.

—Mira, lo estoy intentando. —Amber deja su comida y se vuelve hacia el fregadero. Pasa alrededor de un minuto lavándose las manos, luego toma una toalla de papel y comienza a limpiar los mostradores.

—Oye. —Me levanto de la silla y me acerco a ella. No pretendo abrumarla, pero deja caer la toalla de papel y retrocede de todos modos—. Solo estamos tratando de resolver este tema psíquico.

Ella se estremece ante la palabra psíquico.

—No lo entiendes. He pasado toda mi vida reprimiendo estas visiones.

—¿Por eso tienes dolores de cabeza?

Sus hombros se levantan y caen.

¿Alguna vez has intentado dejar que sucedan?

—No puedo.

Inclino mi cabeza hacia un lado.

—Nunca lo he intentado —corrige—. Temo que se apoderen de mi vida.

—Está bien. ¿Puedo probar algo?

—¿Cómo qué? —Ella me mira con recelo. Solía confiar en mí, en contra de su mejor juicio. Pero rompí su confianza. ¿Esta distancia entre nosotros? Es mi culpa.

—Te voy a tocar —murmuro.

Detrás de mí, Jared se aclara la garganta.

—Por favor —añado.

Una pequeña vacilación y ella asiente.

—Solo respira. Relájate.

Pongo una mano sobre sus ojos.

—Ciérralos. —Sus pestañas revolotean contra mi palma —. Simplemente siéntelo. ¿Humanos o lobos?

Ella se queda callada durante tanto tiempo que renuncio a una respuesta. El calor de su cuerpo, tan cerca del mío, hace que mi polla se agrande. Respiro su aroma, sabiendo que debería retroceder, mantener mis manos fuera de ella si quiero retener el control.

—Lobos —dice al fin.

Me obligo a dar un paso atrás.

—Lo sabía.

—¿Qué crees que quieren hacerle? —pregunta Jared. Él y Trey se ponen de pie.

Me paso los dedos por el cabello.

—Probablemente estén tratando de dejarla embarazada.

Amber parece sorprendida, así que se lo explico.

—Muchos cambiantes consideran que nuestra especie está en peligro. Nuestro ADN se ha diluido demasiado con genes humanos. Se considera un pecado contra nuestra especie emparejarse con un humano. Pero eso significa que en las comunidades más pequeñas, la endogamia es ahora el problema.

—¿Qué pasa cuando se aparean con un humano? —pregunta Amber.

—En estos días, dan a luz bebés humanos. —Me encuentro con su mirada inteligente. ¿Está pensando en lo que podría suceder si continuamos por el camino que estamos siguiendo, esta condenada danza de la atracción?—. Son hijos que nunca se enferman y se curan rápidamente, pero siguen siendo humanos, no lobos.

—¿No pueden cambiar?

—Exacto. Quiero decir, hay mestizos que cambian, no es inaudito. Hay una pantera en Tucson que no cambió hasta que se quedó embarazada de un cachorro de un cambiante. Pero es raro.

—¿Entonces crees que ven a una loba que no ha sido parte de su manada y simplemente la raptan para procrear? —La voz de Amber se agudiza y eso me da un indicio de que está a punto de empezar una cruzada.

Apuesto a que es jodidamente increíble en la sala del tribunal. Me pongo duro imaginándola con uno de sus trajes ajustados, paseando por la sala con tacones altos, deslumbrando a todos los hombres en el edificio con esas pantorrillas bien formadas y esa mente aguda.

—Creo que es posible, sí. Es una hembra alfa y lo suficientemente joven como para tener muchos cachorros.

Amber traga saliva, parece un poco enferma.

—Tenemos que recuperarla.

—Sí. —Mi estómago se cierra—. Pronto. Antes de que empiecen... —No puedo terminar la frase. Mis puños se aprietan con ganas de golpear a alguien. Mi lobo quiere hacer estragos. Quiero romper todo lo que veo. Si Amber no estuviera aquí, probablemente yo ya lo hubiera hecho.

—¿Así que qué hacemos? —pregunta, levantando la

barbilla como si estuviera lista para hacer cualquier cosa. No le va a gustar lo que tenemos que hacer.

—No tenemos conexiones, Amber. Ningún olor en absoluto. No tenemos nada más que tu visión. Yo digo que nos planteemos veinte preguntas contigo y veamos qué puedes intuir.

Sus hombros caen. La duda rezuma de su postura. Doy un paso para que mi cuerpo bloquee a mis dos compañeros de manada que están mirándola, y tomo su barbilla.

—Puedes hacer esto, Amber. Tus dones están destinados a ser usados.

—¿Y si me equivoco? ¿O no puedo ver nada?

—Seguirá siendo más información de la que tenemos ahora.

—Estás loco —murmura, pero camina hacia el sofá y se sienta, metiendo las piernas debajo de su cuerpo y cerrando los ojos—. Adelante.

Trey tiene el ordenador portátil abierto y comenta:

—Aquí dice que los psíquicos pueden ser clarisensitivos, clarividentes, clariaudientes o claricognitivos. ¿Qué crees que eres, Amber?

—Clarividente. Veo cosas... no suelo oír. Tal vez clarisensitiva... a veces siento cosas como las emociones. Especialmente las de él. —Ella cambia su mirada hacia mí.

—G, ¿tienes algo de Sedona? —pregunta Trey—. Aquí dice que los psíquicos de la policía sostienen un objeto que perteneció a una víctima o a una persona desaparecida para poner en marcha la intuición.

Voy a la habitación en la que Amber se había quedado y agarro una camiseta sin mangas. Se la entrego a Amber.

—Esto pertenece a Sedona. No sé si ayuda sujetar algo de ella.

—No puede hacer daño, supongo —murmura Amber,

tomando la camiseta y sosteniéndola con ambas manos. Cierra los ojos.

—¿Dónde está Sedona ahora?

Amber se sienta perfectamente quieta mientras tres pares de ojos la miran en silencio. Los minutos pasan. Ella exhala su aliento en un silbido como si lo hubiera estado conteniendo.

—No lo sé —dice al fin.

—¿Está todavía en San Carlos?

Otra larga pausa y luego un movimiento de cabeza.

—Lo siento.

—¿Puedes darme el nombre de uno de los hombres que se la llevaron?

La agitación irradia de mi pequeña humana, pero vuelve a cerrar los ojos con fuerza.

—La... Luh... ¿Lobo? —Sus ojos se abren de golpe—. Oh, eso es estúpido, eso es solo lobo en español.

—No, puede que tengas algo. Podría ser el apellido de una familia de lobos.

—Tu padre puede tener contactos con algunas de las manadas de aquí —dice Jared en voz baja.

Dejo escapar un suspiro. Esperaba encontrar a mi hermana rápidamente, sin involucrar a mi padre.

—Primero, investiguemos un poco. Necesitamos una pista. —Conozco a mi padre. Conducirá con todos los lobos guerreros de su manada, tal vez incluso de las manadas que le deben favores. Será la guerra. Mi instinto dice que Sedona pagará el precio.

Necesitamos obtener más información.

—¿Trey? ¿Podrías ver si Kylie puede ayudar con la investigación?

Una de las cambiantes de Tucson, la pantera que se

apareó con un lobo, es un genio de la tecnología. Puede piratear cualquier sistema del mundo para obtener información.

—Me pongo con ello —dice Trey.

—¿Está ella en una casa ahora mismo? ¿Fuera? ¿Tiene forma de lobo o humana? —pregunta Jared.

La cara de Amber se contrae y niega con la cabeza.

—Lo siento, chicos, simplemente no lo sé. —Ella se ve pálida y exhausta. Mi lobo gime, odiando su angustia.

—Está bien —le digo—. Amber, ¿por qué no descansas un poco? Ha sido un largo día. Volveremos a intentarlo de nuevo por la mañana.

—No, está bien, puedo seguir. Hazme otra pregunta.

—Amber —empiezo a poner un tono alfa en mi voz. Jared me mira a los ojos y retrocedo—. Está bien. Una más.

—¿Qué paso debemos dar a continuación para encontrarla? —pregunta Jared.

—Hmmm, pregunta interesante. —Amber vuelve a cerrar los ojos mientras Trey sale para llamar a Kylie. Le indico a Jared que lo siga.

Me vuelvo a sentar y espero en silencio, el sonido de las olas rompiendo en la playa afuera como una canción de cuna alivia la tensión en la habitación. Amber da un suave suspiro. Ella se ha quedado dormida.

Por muy fuerte que sea mi instinto de encontrar a Sedona en este momento, no puedo soportar despertar a Amber. La levanto con cuidado. Sus párpados se agitan, pero no los abre. Sus labios se mueven pero no entiendo lo que dice.

—¿Qué significa eso?

Frunce el ceño y niega con la cabeza.

—No lo sé.

—Sí, tú puedes. Y lo sabes —le aseguro, llevándola al dormitorio. ¿Cómo ha podido haber pasado tanto tiempo sin que nadie le dijera lo poderoso y especial que es realmente su don? Es un regalo, no la maldición que ella cree que es.

Retiro las mantas y la acuesto en la cama. Mi pequeña bola de fuego se ve tan frágil dormida, la línea entre sus cejas se arruga con preocupación. Mi lobo está más tranquilo ahora, y no puedo resistirme a besar esa pequeña línea. Si fuera mi compañera, haría todo lo posible para asegurarme de que nunca más tuviera motivos para preocuparse.

~.~

Amber

ME DESPIERTO en la cama del dormitorio, Garrett está sentado en la silla, sujetándose la barbilla con las manos y los ojos fijos en mí.

—¿Cuánto tiempo he estado inconsciente? —pregunto.

—Una hora. ¿Algún dolor de cabeza?

—No. ¿Estás vigilando a tu prisionera? —murmuro, sentándome y frotándome los ojos. Estiro los brazos sobre mi cabeza, arqueando la espalda. ¿Fue la candente atracción anterior una casualidad?

No. Veo con mi pequeño ojo algo que comienza con P, creciendo larga y dura contra sus *jeans*.

—Te tomas esto del secuestro en serio. —Realmente no debería incitar al oso... lobo... pero no puedo evitarlo. Se ve tan deliciosa con su oscuro porte y el pelo despeinado.

—Podría haberte vuelto a atar. —Su voz es más profunda de lo habitual y sus ojos están hirviendo.

Mi coño se aprieta pero le he enseñado a mi cara a esconder las emociones. No necesita saber cómo de bien maneja el juego.

Sus fosas nasales se ensanchan, sus ojos se vuelven plateados mientras huele el aire.

—Estás cerca de la ovulación.

—¿Qué? —Levanto las mantas, agradecida de estar todavía completamente vestida.

—Tu ciclo va con la luna. Ya no muchas mujeres humanas lo hacen.

Miro la ventana, donde las cortinas enmarcan una luna llena.

—En dos días —responde a mi pregunta silenciosa. Su mirada de estaño hace que suba las mantas hasta debajo de la barbilla.

—Entonces, ¿qué sucede durante la luna llena?

—Voy a cazar.

—¿Qué significa eso para ti? —pregunto.

—Puede que tenga que encerrarte para mantenerte a salvo. —Su mirada brillante grita que es un lobo feroz.

—Ya hiciste eso.

—Quiero decir encerrarte lejos de mí.

La lujuria me atraviesa. Garrett se inclina hacia adelante, su mano se aprieta, sus tatuajes se aclaran.

Es una amenaza, me recuerdo. «Te secuestró. Te ató».

Un pulso crece entre mis piernas. Sería tan fácil bajar las mantas hacia abajo, abrir las piernas. Jugar conmigo misma. Ver cuánto tiempo le toma perder el control.

«No, no, no. Chica mala».

Este tipo es cada mala decisión que nunca tomé en un solo paquete. Y si no apago esta lujuria pronto, cometeré lo que podría ser el mayor error de mi vida.

Suena un golpe en la puerta del dormitorio.

—¿Hola, jefe? —Jared llama.

—Sí —Garrett se sacude rápidamente la cabeza como lo haría un perro y se levanta de la silla. Merodea hacia la puerta a una velocidad lenta, silencioso como un lobo. Como un depredador.

—Tuve noticias de Kylie. Envió la lista de personas con el apellido «Lobo» en los alrededores, y luego en todo México. Sin embargo, no hay ninguno en San Carlos. Hay uno a unos treinta kilómetros de distancia. Conduciremos y husmearemos ahora mismo.

—Gracias, chicos —dice Garrett—. Me quedaré aquí y escudriñaré el cerebro de Amber.

Me muerdo el labio cuando los chicos se van. Una mujer está desaparecida. Lo que sea que Garrett y yo tengamos el uno con el otro, puede esperar.

Treinta minutos después, estoy paseando por la sala de estar del condominio, con mis manos cerradas en puños.

—No sé. Simplemente no lo sé. Desearía poder ayudar, pero no puedo.

—Relájate. Estás demasiado agitada. Acuéstate en el sofá y cierra los ojos.

Mi estómago se retuerce en un doble nudo.

—No puedo. Garrett, esto no está funcionando. No voy a poder ayudarte. Tienes que encontrar otra forma.

—Está funcionando. Ha funcionado. Solo te pido que vuelvas a intentarlo.

—Por el amor de Dios, no puedo —digo bruscamente, luego cierro la boca cuando veo el dolor en su rostro. Me obligo a exhalar—. Lo siento, pero me estás estresando. Toda esta experiencia es muy intensa.

—Lo sé, por eso quería que te sentaras. Necesitas relajarte. O averiguas cómo hacerlo tú misma o yo te ayudaré.

—¿Perdona? —Me giro con mis manos en las caderas—.

¿Me ayudarás? Exactamente, ¿cómo planeas hacerlo ...? —Dejo de hablar cuando Garrett se acerca a mí y se quita la camiseta por la cabeza.

Retrocedo a pesar de que mis ovarios aceleran sus motores.

«Estás cerca de la ovulación. ¿Quién dice eso? Un hombre lobo, supongo».

—¿Qué… estás haciendo?

Sus labios se tuercen en una sonrisa irónica.

—Sé lo que me ayuda a relajarme...

—Oh, no. —Me lanzo a un lado para evitar que me agarre.

Se mueve sorprendentemente rápido para un hombre de su tamaño, atrapándome por la cintura y balanceándome mientras pateo inútilmente.

—¿Qué te dije sobre huir de un lobo? —bufa y noto su aliento caliente contra mi oído.

—¡Para! Déjame… —jadeo cuando frota fuertemente la costura de mis pantalones de yoga contra mi clítoris. Mi coño tiene espasmos de placer.

—Sabes que lo quieres. El estruendo de sus palabras reverbera desde su pecho hasta mi centro—. Sabes desde la primera noche que nos conocimos que es inevitable.

Arqueo mi cabeza hacia atrás contra él.

—No, no lo sé —miento con una risita saliendo de mi garganta mientras me agito. Ni siquiera sé por qué peleo con él, excepto por la indignación que me produce que su polla le dé esa seguridad.

—Oh, sí lo sabes. ¿Crees que no puedo oler cada vez que tu coño se humedece por mí?

Me quedo quieta, contemplando. ¿Cuántas veces he estado mojada por él desde el día en que nos conocimos? ¿Y él lo sabe? *¿Cada vez?* Eh...

Cierro la boca en un gemido mientras él continúa excitando mi coño con sus ásperas garras a través de mis pantalones de yoga.

—Puedes seguir mintiéndome a mí y a ti misma, pero tu cuerpecito receptivo siempre dice la verdad. —Se las arregla para sujetarme contra su pecho y deslizar una mano por mi camisa palpando mi pecho y apretándolo.

Me arqueo con un grito de placer.

Pellizca el brote rígido de mi pezón entre sus dedos y le da vueltas, mientras los dedos de su otra mano continúan pulsando contra mi clítoris, frotando la costura de mis pantalones contra él.

—¿Pensaste que no me daba cuenta de cada vez que estos pequeños pezones se endurecían o la forma en que tus ojos se dilatan cuando estás pensando en lo que sucedería cuando finalmente te reclamara el lobo grande y malo?

Mi primer mini orgasmo me atraviesa; un escalofrío que seguramente él puede sentir. Después de haber fingido tanto no quiero hacerlo más.

Dobla la rodilla y la coloca entre mis piernas, sosteniendo mi peso mientras se mueve, liberando ambas manos para agarrar la cintura de mis pantalones.

—No —chillo, pero mi voz tiene un sonido mucho más lascivo que serio.

—Di que sí —murmura en mi oído.

—No... No... —gimo por el puro placer que está provocando en mis regiones inferiores.

—Lo necesitas.

Desliza la palma de su mano por la parte delantera de mis pantalones y la ahueca en mi pelvis. Doy una sacudida en el momento en que sus dedos calientes me tocan el coño mojado y envuelvo mi mano para sujetarle el cuello.

Disminuye la velocidad, me inclina hacia atrás sobre su

rodilla y pasa un dedo hacia arriba y hacia abajo a lo largo de mi raja haciendo que se humedezca.

—Di que sí —murmura. Me muerde la oreja—. Y dejaré que te corras.

—¿Que dejarás que me corra?

Nadie puede hacer eso. Me corro cuando... Mis ojos se mueven hacia atrás en mi cabeza mientras sus gruesos dedos separan mis labios y exploran los pliegues internos. ¡Jesús!, su dedo índice es tan grueso como las pollas de algunos hombres. Lo quiero dentro de mí.

Como si me leyera la mente, lo desliza, primero solo uno, luego hace lo mismo con su dedo corazón, llenándome y estirándome, acariciando el interior de mi coño lascivo.

Agarro la parte de atrás de su cuello, peleando como un gato en celo, pero parece no importarle.

—Así es, princesa. Córrete. —De repente quita los dedos y golpea ligeramente el clítoris. —¿O quieres que te deje así?

—Yo... yo podría terminar por mi cuenta. —Técnicamente es cierto. Aunque no sería ni la mitad de satisfactorio.

Baja la rodilla y deja caer mis pies al suelo.

—¡Sí! —grito apresuradamente, todo el orgullo se disuelve cuando me enfrento a la pérdida de sus manos calientes en mi cuerpo—. Dije sí.

Él se ríe y me levanta.

—Buena chica —murmura en mi oído mientras me lleva al dormitorio y me arroja a la cama como una muñeca de trapo.

Me apoyo sobre mis codos, mirando cómo se arrastra sobre mí, su polla abultada contra sus *jeans*, su expresión hambrienta.

—Voy a hacer que te corras tan fuerte que grites.

«¿Muy arrogante?». Pero entonces, probablemente tenga motivos para tener confianza. Un hombre, o un lobo, lo que sea, que se parezca a él, probablemente tenga chicas que se lanzan sobre él a diario.

Agarra mis pantalones a ambos lados y los tira hacia abajo, arrancando mis bragas en el proceso y tira todo por encima de su hombro. Me sujeta las rodillas, las separa y las dobla, abriéndome a él.

—Te prometí una recompensa.

Jadeo ante la sorpresa de mi vulnerabilidad, de tener mis partes más íntimas extendidas y expuestas para que las inspeccione de cerca. Lleva la yema de su pulgar al clítoris, simplemente lo apoya allí, como si supiera que necesito un momento para calmarme y acostumbrarme a su toque.

—Entrelaza tus dedos y colócalos detrás de tu cabeza.

Lo miro fijamente, mi cerebro procesa sus palabras lentamente. Cuando arquea una ceja severa, obligo a mi mente a repetir sus palabras y junto mis manos para ponerlas fuera del camino. La posición aumenta mi sensación de exposición, pero inmediatamente lo olvido cuando Garrett lleva la punta de su lengua a la costura de mis labios, separándolos y recorriendo el interior de cada uno antes de hacer círculos en el clítoris. Ya en llamas, me sacudo con el contacto, dando un brinco.

Sostiene mi pelvis hacia abajo con una mano enorme y me penetra con su lengua, su pulgar regresa al clítoris hinchado y lo hace vibrar suavemente.

Pierdo el aliento en un grito, las manos volando hacia abajo para apartar su cabeza, la sensación es demasiado.

—Oh, oh… —me regaña, deteniendo abruptamente todas sus atenciones—. ¿Qué te dije sobre tus manos?

—Lo siento —lloriqueo, desesperada para que continúe, tan desesperada como lo había estado por que se detuviera un momento antes.

Levanta sus rodillas debajo de él y se sienta, me agarra los tobillos y los levanta en el aire.

—¿Qué tal…? ¡Guau!

Garrett sujeta mis tobillos con una mano y me golpea el trasero con la otra, con fuerza. Frota donde escuece, pero luego me da otro golpe y otro y otro…. No son nalgadas suaves y ligeras, sino duras y deliberadas, atrapando mis labios abultados y mi sexo expuesto con cada bofetada, su palma se moja con mis jugos. El fuego que enciende es más que un aguijón en la superficie, proviene de mi propio núcleo.

Aun así, lucho contra él, doy patadas, aunque apenas se mueven porque las tiene bien agarradas.

Es horrible e increíble a la vez. Estoy indefensa, pero por una vez en mi vida, no estoy luchando por el control. Le dejo tenerlo. Dejo que me castigue, porque sé lo que vendrá después.

Placer.

Placer puro y sin adulterar.

—Las niñas pequeñas que desobedecen son castigadas, ¿no es así, nena? —Escucho puro sexo en su voz y me hace gemir como respuesta—. ¿Qué ha sido eso, ángel?

—Sí, señor. —Ni siquiera sé qué me hace decirlo. No es que vea porno BDSM o sepa algo sobre ser azotada por un amante, pero simplemente me sale.

Gruñe, los ojos se tornan plateados.

—Oh, nena. Me tienes más duro que una piedra.

Mientras me retuerzo y trato de evitar el ataque de su mano, de repente estoy desesperada por ayudarlo con su polla más dura que una piedra. ¿Cuánto cabría en mi boca?

Deja de azotarme y yo dejo escapar un gemido suave y bajo. Él me levanta los tobillos aún más alto en el aire y planta un beso en cada mejilla en carne viva antes de bajar mi pelvis.

Pongo mis manos debajo, ahuecando mis nalgas calientes y hormigueantes, todavía jadeando por el castigo. Por su propia voluntad, mis rodillas se separan y la pelvis se eleva en ofrenda.

Él se ríe.

—¿Qué vamos a hacer con tus manos?

Inmediatamente las alejo, mi trasero me recuerda el castigo que sucede cuando desobedezco. Quiero y no quiero más de lo mismo.

—Lo siento, señor.

~.~

Garrett

¡Oh, no!

No solo me ha vuelto a llamar «señor». Está poniendo a prueba mi autocontrol.

Mi polla golpea mis *jeans*, dolorosamente dura y muriendo por embestir a Amber.

Pero no voy a hacerlo. No, esto es para ella. Le debo el placer. Además, no tengo confianza en mí mismo con ella.

—Estoy tentado de atarte, ya que estás teniendo dificultades para seguir instrucciones, pero no quiero que me pateen los huevos, lo que sospecho que sucedería si lo intento de nuevo.

Ella suelta una breve carcajada.

—Estaba pensando en adquirir unos cascanueces de plata.

Me inclino y regreso a mi placer anterior, saboreando su

increíble coño. Lo lamo, mordisqueando los labios con mis dientes.

—Nena, me sabes tan bien...

Ella se sacude.

—¡Oh, Dios!

Levanto la capucha de su clítoris y lo golpeo con mi lengua, luego succiono la pequeña protuberancia hasta que sus piernas se agitan alrededor de mis oídos, y su respiración ahogada suena desesperada. Empujo dos dedos dentro del canal empapado y los hago girar, acariciando las paredes internas. Al encontrar el punto G, le hago cosquillas, sintiendo el tejido endurecerse bajo las yemas de mis dedos mientras su voz se convierte en un chillido.

Lamo el pulgar de mi otra mano para lubricarlo y lo muevo entre sus nalgas, buscando su pequeña roseta. Su pelvis se levanta de la cama con sorpresa, pero sigo sus movimientos, rodeando el apretado anillo de músculos, presionando contra él.

—¿Detente... ¡Oh, Dios! —chilla.

Empujo el pulgar dentro y fuera de su trasero mientras continúo acariciando su punto G. No dejo de follarla, de llenar sus dos agujeros, de exigirle más y más. Mi visión se ha vuelto focal, mi lobo está gruñendo, pero estaré condenado si le introduzco tres centímetros. No se trata de que yo le ponga la polla a una humana cachonda, ni siquiera a una con quien mi lobo se ha encariñado. Lucho contra el impulso de cambiar mis dedos por mi polla, de golpear su dulce coño hasta que ambos nos rompamos.

Amber ya está cerca, tan cerca....

—Córrete, nena —rujo—. Córrete encima de todos mis dedos ahora.

Dura solo tres segundos más. Explota, gritando como le prometí, retorciéndose y pateando, sus músculos internos tensos y espasmos alrededor de mis dedos mientras se desenreda en la exhibición más hermosa de un orgasmo que jamás haya visto.

Sigo moviéndome hasta que se derrumba en un cúmulo sin vida, luego saco los dedos y planto un beso en los labios hinchados de su dulce y pequeño coño.

—Vuelvo enseguida. —Me levanto y me meto en el baño para lavarme y controlar a mi lobo.

Esto fue para Amber. No para mí.

Pero a mi lobo le importa un carajo cualquier decisión que haya tomado de no reclamar a Amber. Está enfadado porque todavía tiene una polla llena y una hembra sin pareja.

Me obligo a pensar en Sedona y, después de unas cuantas respiraciones, retrocede. Estaba relajando a Amber para que pudiera ayudar a Sedona. No para aparearme con ella.

Una vez que me calmo, regreso y descubro que ella no se ha movido, sus piernas están abiertas y los brazos también. El cabello revuelto y las mejillas sonrojadas la hacen lucir completamente saciada. Por mí. Mi lobo se pavonea. Trepo sobre ella y beso su cuello, sentándome a su lado.

—¿Tú que tal? —pregunta con voz ronca.

—No creo que estés lista para la polla de un lobo —bromeo, esperando haber escondido mi mueca de dolor. En serio, creo que puedo morir si no la cojo intensamente durante horas muy pronto. Pero no puedo tomar a Amber. No tengo planes de aparearme con ninguna hembra, especialmente con una humana. Y, maldita sea, pero no creo que sea capaz de jugar con ella. No con mi lobo aullando para marcarla.

—¿No? —ella hace pucheros. Es adorable. Su armadura se ha caído y puedo ver a la Amber real que hay debajo. La Amber dulce, suave y angelical. Y el destino, si no tengo cuidado, me hará lastimarla, a pesar de mis mejores intenciones. Necesito decirle que no podemos hacer esto. Ahora.

Se pone de rodillas y se arrastra hacia mí. Actúa como un esclava sexual y casi me desmayo de solo mirar. Desabrocha el botón de mis *jeans*.

Agarro sus manos para detenerla, pero es demasiado tarde. Lleva esa boca caliente y húmeda a mi polla y muerde mis calzoncillos.

—Joder. —La agarro del pelo y mantengo su boca quieta con una mano, sacando mi polla con la otra.

Ella se abre de par en par.

¡Ah, el destino! No debería. Realmente no es una buena idea. Pero parece que no puedo retroceder. Me sumerjo profundamente en su boca, golpeando la parte posterior de su garganta y haciéndola sentir arcadas. Inmediatamente retrocedo, sorprendido de lo idiota que soy.

—Te dije que no puedes con la polla de lobo —le digo.

—¿Oh, sí? —A mi chica le encantan los desafíos, porque inmediatamente está de vuelta en mi polla, chupando con fuerza mientras se la mete en el hueco de la mejilla y la saca. Agarra la base y acaricia su mano hacia arriba y hacia abajo en movimientos sincronizados con su boca, haciendo que parezca que está alcanzando toda la longitud.

Mi visión se estrecha. Mis dientes se alargan para marcarla. Me entrelazo los dedos en la parte superior de la cabeza. No puedo tocarla, o juro que la arrojaré al suelo y la follaré como un loco. Se ve tan jodidamente caliente, con esos labios carnosos estirados alrededor de mi polla palpitante y con los ojos fijos en mi cara como una perfecta sumisa.

—El destino, Amber. Nunca diré que no puedes manejar la polla de un lobo otra vez —me ahogo. Quiero agarrar su cabeza e instarla a ir más rápido, pero no me dejo.

«No puedo tocarla».

«No puedo tocarla si quiero mantenerla a salvo».

Empieza a moverse con velocidad, probablemente sintiendo lo cerca que estoy de correrme por la forma en que mis muslos tiemblan.

—Joder, nena, me voy a correr —bramo. Empiezo a sacarme la polla, pero ella no me deja, la agarra en su pequeño puño y chupa con más fuerza.

Las luces explotan detrás de mis ojos. Grito y el sonido es más animal que humano. Me corro en su boca y ella chupa y se traga el semen.

La liberación me da unos preciosos segundos para alejarme de ella. Para evitar clavar ese coñito caliente de aquí a la eternidad.

Me alejo dando bandazos, camino hasta que golpeo la puerta, donde empujo al Sr. Feliz de nuevo a mis pantalones y me los abrocho. Me obligo a permanecer de cara a la puerta, como un niño castigado. A pesar de mi orgasmo, mi carne todavía está ardiendo, los dientes aún están listos. Trabajo para ralentizar mi respiración. Puedo hacer esto. Soy un lobo alfa. Si no tengo la autodisciplina para dominar a mi bestia, no merezco el puesto.

—Escucha, Amber —digo con voz ahogada—. Lo que somos... lo que acabamos de hacer...

—No, lo sé —interrumpe ella, levantándose y poniéndose la ropa—. Esto fue solo para relajarme. —Me atrevo a darme la vuelta y ver desaparecer la tenue felicidad de su rostro, como una luz apagada.

El dolor de esa visión es suficiente para que mi lobo retroceda. Mi visión se aclara. Los dientes vuelven a la normalidad.

—No podemos hacer que esto funcione a largo plazo —digo, las palabras pesan en mi lengua—. Los seres humanos y... no acabamos bien a largo plazo. Créeme, cariño, te quiero. Te deseo tanto que duele. —Me agarro la polla en mis *jeans* para enfatizar—. Pero no puedo hacerlo.

—He escuchado tu argumento —dice con rigidez—. Dejaré de pensar en esto como nuestra segunda cita.

Un peso terrible cae sobre mi pecho.

—No, definitivamente es una cita —digo con firmeza—. Yo no secuestro y pongo cinta adhesiva a cualquier chica, ya sabes. —Intento poner un poco de humor, luego vuelvo a la seriedad—. Quiero que sepas, yo no hago esto normalmente. —Agito una mano para indicar la cama.

—Sí, claro. Apuesto a que todas esas chicas del club se lanzan a ti.

¿Detecto una nota de celos? Mi ego se anima momentáneamente.

—No lo hago —gruño.

Se aparta de mí mientras se pone los pantalones de yoga.

Mierda. La he lastimado. Definitivamente lo arruiné. Camino detrás de ella y envuelvo un brazo alrededor de su cintura, pero ella se pone rígida. Siento el muro que ha erigido y eso me mata.

Coge la camiseta de Sedona como si se la fuera a poner en lugar de la camisa. Entonces ella se queda quieta.

Yo también permanezco quieto, aunque sé que mi contacto no es bienvenido. Es como si necesitara la cercanía física para tratar de contrarrestar el abismo que acabo de poner entre nosotros.

—Está en una jaula, la sacaron de un avión y la pusieron en una camioneta blanca.

Dejo de agarrarla y la hago girar.

—¿Dónde? —bramo, maldiciendo por dentro cuando ella se estremece.

—No sé. Los hombres que la manipulan parecen latinos.

¿Entonces tal vez todavía en México?

—¿Dónde? ¿En qué ciudad?

—No sé.

Me detengo en la puerta, luego retrocedo, agarro a Amber por la cintura acercándola para un beso.

—Gracias.

Ella se sonroja.

—Bueno, no sé si...

Dejo sus protestas con otro beso.

—Gracias —le digo con firmeza y la libero tan abruptamente como la sujeté.

—¡Trey! —grito, cerrando la puerta del dormitorio de golpe—. Llama a Kylie. Infórmate sobre todos los aviones que salieron de esta área desde que Sedona desapareció, especialmente los que podrían haber llevado a un lobo enjaulado.

El lobo lleno de piercings tiene su teléfono en la oreja antes de que termine.

—El aeropuerto más cercano está en Hermosillo —dice.

Me vuelvo hacia Jared a continuación.

—Saca un mapa de México. —Cuando el lobo tatuado se acerca con su portátil y el mapa en la pantalla, se lo llevo a Amber, que se ha vestido y sale del dormitorio—. ¿Dónde?

Me lanza una mirada dudosa, pero vuelve a mirar el mapa.

—No pienses, solo di lo primero que se te ocurra.

—Ciudad de México —espeta, y luego parece sorprendida, como si no supiera que iba a hablar. Parpadea varias veces—. Pero también escuché la palabra «Lobo» de nuevo.

—Haré que Kylie haga una referencia cruzada de esa área con la palabra «Lobo» —dice Trey.

—Hazlo en el auto —digo, asintiendo con la cabeza hacia Jared, quien comienza a empaquetar su computadora portátil —. Necesitamos llegar a Hermosillo.

arrett

AL AMANECER DEL DÍA SIGUIENTE, nos subimos a un avión en Hermosillo. Es un vuelo directo a la Ciudad de México. Cinco horas. Debería haber llamado a mi padre antes de irnos; han pasado casi veinticuatro horas desde que Sedona desapareció, pero hay una parte de mí que necesita manejar esto por mi cuenta. Demostrar que soy capaz de liderar mi propia manada, manteniendo a mi hermana a salvo.

Con suerte, no estoy poniendo a Sedona en mayor riesgo esperando por no llamarlo.

Miro la cabeza dorada que descansa sobre mi hombro, las ondas brillantes cayendo en cascada por el cuerpo dormido de Amber. Normalmente tiene el cabello recogido, confinado, fuera de su alcance.

Toco un mechón, frotando su increíblemente sedoso cabello entre mis dedos.

«Es mía».

Dios, quiero a esta pequeña humana. No solo para follar, aunque para eso también. Pero mi necesidad por ella va más allá del sexo. Quiero poseer todo de ella: corazón, cuerpo, alma. Quiero marcarla como mía. Quiero atesorarla y mimarla, decirle todos los días lo especial que es. Guardarla y protegerla para que pueda derribar sus muros y dejar salir su regalo. Que viva libre.

Pero no está en mi estructura genética el asentarme. Además, no es posible. No puedo tenerla y seguir siendo alfa, y mi lobo es demasiado dominante para ser cualquier otra cosa.

Podría olvidarme de mis raíces y vivir como un lobo solitario, pero fui criado en una manada, destinado a liderar una. Mi lobo es demasiado social para ser un paria. El desprecio de la manada y la decepción de mis padres serían demasiado para soportar. Incluso con Amber como mi compañera, mi lobo podría llegar a resentirse con ella porque tuve que renunciar a todo para reclamarla.

Es hora de que asuma mis responsabilidades y siga las reglas. Regla número uno: las humanas y los hombres lobo no se mezclan.

El avión desciende. Amber se mueve, levanta la cabeza de mi hombro y parpadea mientras me toma los dedos y los aprieta. Levanta su rostro hacia mí, a punto de decir algo, pero la interrumpo con un beso. Tomando la parte de atrás de su cabeza, le acaricio los labios con los míos, apartando la mente de mi terrible temor por Sedona con la mejor distracción de mi vida. Lamo su boca, chupando su lengua, mordiendo sus labios. Sabe tan dulce como huele.

El avión golpea el suelo y me pongo en modo de trabajo. Es hora de concentrarse.

Estoy tenso mientras viajamos en taxi a través del denso

tráfico vespertino. Ni siquiera la mano de Amber en mi muslo me calma.

CUANDO LLEGAMOS al hotel más cercano, Jared se acerca para ver el registro de entradas. Espero de espaldas a la pared, donde nadie puede sorprenderme. Los humanos me miran y luego se alejan, corriendo para darme espacio.

—Jefe —dice Trey en voz baja, y me doy cuenta de que estoy gruñendo, un sonido suave y grave que, sin embargo, intimida a todos en un radio de treinta metros.

Tan pronto como ponemos un pie en la habitación del hotel, casi cambio.

—No puedo hacer esto. —Mi voz se ahoga con mi lobo —. No puedo encerrarme.

—Está bien —dice Amber—. Déjame aquí, mira a tu alrededor.

Asiento con la cabeza, con el pecho agitado en un esfuerzo por recuperar el control.

Lo haría si supiera a dónde ir—. ¿Sabemos algo de Kylie ya?

—No. ¡Oh, espera! Acaba de llegar. —Trey sostiene su teléfono—. Kylie encontró el nombre del pasajero que viajaba con un canino en el avión que salía de Hermosillo anoche. Es un importador de textiles con un almacén aquí. Tengo la dirección.

Un rugido sale de mí a todo volumen. Trey se tambalea un poco hacia atrás, mostrando su garganta.

—Garrett —Amber me toca el brazo, mientras mi visión se enfoca.

—Estoy a punto de hundirme.

—Tienes que mantener el control. Sedona te necesita.

—Quédate —demando a Amber.

Ella asiente.

—Me quedaré aquí. ¿Me dejas un teléfono? El mío no tiene servicio aquí.

Reviso mi teléfono para asegurarme de que funciona y lo tiro sobre la cómoda.

—Los números de Trey y Jared están ahí.

—¿Jefe? ¿Cuándo se lo diremos al resto de la manada?

—Vamos ahora, tú explora. Comprueba si está allí y si podemos sacarla. Si necesitamos refuerzos, llamaré a mi padre. Traerá a ambas manadas y significará la guerra.

~.~

Amber

Camino a lo largo de la habitación del hotel. Pedí servicio a la habitación, pero no puedo comer la torta y el sándwich mexicano tostado, relleno de jamón y queso que me trajeron.

Me encuentro jugando con mi cabello y lo enrollo en un moño, solo para tirarlo hacia abajo varios minutos después. Me estoy deshaciendo por dentro.

Amber la loca.

Para regresar a Amber la abogada, presento demandas civiles imaginarias contra los hombres que capturaron a Sedona. Enumero todas las formas en que podría derribarlos.

Pero ¿y si Garrett tiene razón? ¿Y si Amber la loca es la única que puede salvarla?

«No estoy loca».

Garrett cree que mis visiones son un don.

Me siento con las piernas cruzadas en la cama.

—Ven a mí —respiro, tratando de recuperar el estado relajado que tenía con Garrett. Inmediatamente mis mejillas se calientan. Me muevo sobre el trasero, ignorando el cosquilleo en mi lugar especial. Espero no tener que masturbarme cada vez que necesito una visión. O requerir el servicio de un hombre lobo descomunal.

Dejo escapar una risa sin humor. Necesito detener este apego a Garrett. No hay nada para nosotros, no hay futuro. Lo dejó claro.

Encontrar a Sedona. En esto al menos puedo ayudarlo.

¿Dónde está Garrett ahora?

El dolor me apuñala la cabeza. Mierda. ¿Eso significa que estoy reprimiendo mi visión interior? Me levanto y deambulo por la habitación. Al ver la bolsa de Garrett, hurgo en ella y saco una de sus camisas.

—¡Dame una! —grito como una loca absoluta.

Instantáneamente, visiones me inundan la cabeza. Lobos en jaulas alineados uno al lado del otro, docenas de ellos. Uno de ellos, un lobo gris gigante, se lanza contra los barrotes, ladrando.

Salgo de mi visión, jadeando, y levanto las manos para estabilizarme. Mi cuerpo está cargado y preparado por la adrenalina, como si hubiera estado en una de esas jaulas.

¿Garrett? —me pregunto. ¿Era Garrett en la jaula?

La urgencia me hace saltar de la cama. Pero ¿qué debo hacer? Otra visión se enfoca y cierro los ojos. Garrett se apoya en mi puerta en Tucson y me muestra cómo abrir una cerradura.

Abro los ojos. El reloj marca las 6 p. m. Precioso tiempo perdido.

Sé lo que tengo que hacer.

~.~

Amber

MEDIA HORA MÁS TARDE, el taxi que llamé se detiene a una cuadra del almacén.

Con la boca seca, le pago al taxista y empiezo a caminar. El crepúsculo presiona los edificios de hormigón, la basura se esparce en la calle. Un grafiti cubre varios de los edificios. El almacén en cuestión, sin embargo, tiene pintura fresca y cercas eléctricas altas.

No me atrevo.

¿Y si esto no termina bien? ¿Quién ayudará a Sedona?

Saco el teléfono de Garrett que guardaba en la cómoda del hotel antes de irme. Me desplazo por sus contactos hasta uno llamado «Papá».

Llamo.

Responde una voz profunda que es notablemente similar a la de Garrett.

—Hola, hijo.

—Hola, señor Green. Mi nombre es Amber Drake, soy, eh, amiga de su hijo.

—¿Qué está pasando, Amber? —La energía vibra a través del teléfono y casi lo dejo caer. Garrett no estaba bromeando cuando me habló sobre el dominio alfa.

—Sedona fue secuestrada y Garrett, Trey, Jared y yo la seguimos hasta la Ciudad de México. Garrett y los chicos fueron a un almacén, pero creo que a ellos también los capturaron. Estoy fuera, lista para entrar y rescatarlos, pero primero tuve que llamar a alguien y decirle lo que estaba sucediendo.

—¿Quién eres?

—Soy la vecina de Garrett.

Hubo una pausa y supe lo que quería preguntar.

—Humana, sí. —Vidente. Todavía no puedo decirlo—. Garrett planeaba llamarte si necesitaba refuerzos. Si no tiene noticias mías o de Garrett en las próximas horas, debe venir y traer a ambas manadas

—Esta noche estaré en un avión con refuerzos. Quédate quieta hasta que lleguemos allí.

—Ya estoy en el almacén. Voy a entrar.

—No. Quédate donde estás hasta que yo llegue. —Claramente, el lobo mayor es tan mandón y protector como su hijo —. No entrarás sola. Espera hasta que llegue.

—Lo siento, señor Green, pero tengo que irme, ya estoy aquí. Solo quería darte la dirección en caso de que no regrese. Te la enviaré por mensaje de texto.

—No, maldita sea...

Termino la llamada y silencio el teléfono. Vuelve a parpadear con el nombre «Papá» mientras le envío un mensaje de texto con la dirección al almacén, pero ignoro la llamada y lo dejo en mi bolsillo. Cruzo la calle y me dirijo hacia el almacén antes de perder los nervios. Puede que esté loca, pero es lo que exige la situación.

Abro la mente a mi intuición mientras me acerco al imponente edificio de hormigón. Me golpea una oleada de náuseas. Todo mi cuerpo se estremece.

«¿Qué puerta?» —me pregunto y dejo a mi atención vagar. «Voy a la izquierda del edificio».

Caminando hacia la puerta de ese lado, escaneo los aleros en busca de cámaras. Están vacíos.

Saco las herramientas para abrir cerraduras que Garrett

dejó en mi bolso esa noche que me enseñó, respiro hondo e imagino que estoy de vuelta fuera de mi apartamento, con el reconfortante bulto de Garrett en mi espalda.

«Despacio y firme, abogada».

Escucho un ruido y dejo caer el punzón. Espero agachada. Las palabras en español y el olor a humo de cigarrillo flotan en mi camino. Agarro el pomo de la puerta para levantarme y gira. Casi me río a carcajadas. Mi intuición me llevó a una puerta que no estaba cerrada.

En el interior, un pasillo largo y oscuro se extiende por delante. Las voces masculinas provienen de una habitación iluminada a medio camino, junto con el murmullo de una televisión. Si voy por el pasillo, tendré que pasar por delante.

Me obligo a moverme, arrastrándome como un lobo. Resulta que la luz del pasillo proviene de una ventana en la puerta. Me agacho y corro el resto del camino por el pasillo. Termina en otra puerta. Pruebo el pomo. Bloqueado.

Buscando a tientas en la oscuridad, encuentro las herramientas y las inserto.

«Puedes hacerlo». Imagino la gran mano de Garrett acercándose a la mía, guiándome.

Consigo que suene el primer clic. Primer perno hacia abajo. Lo sostengo en su lugar y presiono el segundo, luego el tercero, y abro la puerta. Los estantes de metal albergan filas de jaulas. La mayoría están vacías, pero cuatro están ocupadas por enormes lobos.

Los rugidos me saludan. Me deslizo dentro y cierro la puerta rápidamente, diciéndole a mi corazón que se calme. Ahora estoy en le guarida de los lobos. Mis instintos básicos me gritan que me dé la vuelta y huya del rugido de los animales salvajes cautivos en este espacio cavernoso. El almacén debe de estar insonorizado, porque no escuché nada de esto afuera.

Los ojos brillan y los colmillos tiran mordidas a medida que paso. ¿Cuál de ellos es Garrett? Busco el gran lobo gris de mi visión. No veo ningún lobo blanco, lo que significa que Sedona no está aquí.

Me acerco a un lobo plateado en una jaula, pero dudo. Sus ojos son amarillos. Los ojos de Garrett se vuelven plateados.

Un bufido horrible a mi izquierda me hace girar. Un enorme lobo gris plateado se lanza contra su jaula, chasqueando y bufando.

—¿G-Garrett?

El lobo se lanza a su jaula, golpeando su hombro contra los barrotes. Tiene los ojos plateados. Retrocedo ante las mandíbulas chasqueantes y los dientes relucientes. No puede ser Garrett, no intentaría atacarme. Excepto que reconozco esos ojos. Sé que es él.

Intento pensar racionalmente, pero no puedo acercarme más. Este animal gigante y aterrador que muerde los barrotes no tiene humanidad.

—¿Garrett? —Lo intento de nuevo.

Me llega un bramido procedente de varias jaulas.

—Es él. Se está volviendo loco porque estás en peligro. —Identifico la voz. Al final de la fila, una forma humana desnuda se acurruca en una jaula. Es Jared.

—¿Es seguro dejarlo salir? —me pregunto. Mi columna vertebral se deshace cuando Garrett ruge de nuevo.

—No sé. —El rostro de Jared se retuerce de dolor. Echa la cabeza hacia atrás, su forma humana desaparece y su piel explota. Segundos después, un lobo me mira fijamente.

El lobo de Garrett deja escapar un medio gruñido, medio rugido, y el lobo de Jared gime y mete la cola. Se me pone la piel de gallina en los brazos.

—Está bien —susurro, y me agacho para que mi cabeza esté más baja que el lobo de Garrett—. ¡Hey! Soy yo. Amber.

Me tiemblan las manos cuando alcanzo la cerradura. Sin embargo, él está ahí mismo, refunfuñando a través de los barrotes.

—¿Te importaría retroceder un poco? Me estás asustando.

Vuelve a arrojar el hombro contra la puerta de la jaula.

—Necesito que te calmes o no podré concentrarme. Tenemos que salir de aquí para que puedas encontrar a Sedona, ¿recuerdas?

Lanza otro medio rugido y me estremezco en el suelo. Quizás mencionar a su hermana no fue una buena idea. El lobo de Garrett camina de un lado a otro, deteniéndose para roer las barras de plata y aullar de dolor.

Me resisto a hacerme una bola y agachar la cabeza en mi camisa como un niño que se esconde de un monstruo. En cualquier momento, los captores de Garrett podrían volver aquí y encontrarme. Entonces también estaré en una jaula. Si tengo suerte.

—Tenemos que salir de aquí. Déjame ayudarte —le suplico, con cuidado de no hacer contacto visual. El lobo de Garrett inhala pero se niega a retroceder cuando empiezo a usar las herramientas. Su mirada hace que se me erice el pelo de la nuca mientras manipulo el candado.

En cuanto abro la puerta, Garrett se lanza. Caigo al suelo. Se lanza sobre mi cabeza, aterrizando a cuatro patas. En un movimiento tan rápido y violento que casi hace que me orine en mis pantalones. El lobo gigante me olfatea de arriba abajo. Cierro los ojos, ahogando un gemido. Un resoplido satisfecho me echa el pelo hacia atrás, y cuando abro los ojos, él ha seguido adelante. Supongo que decidió no comerme. Corre hacia la puerta del pasillo y se detiene frente a ella, rugiendo.

—Está bien, solo un minuto. —Corro hacia la jaula de Jared para abrir la cerradura. El lobo gris, más pequeño que

Garrett, también da miedo. Un chasquido de esas feroces mandíbulas y perderé una extremidad.

Una vez que sale, agarra la correa de mi bolso con los dientes y me tira a una tercera jaula.

—¿Trey? —El lobo gris y marrón lame mis dedos a través de la jaula mientras busco a tientas la cerradura.

Garrett vuelve a rugir desde la puerta y me apresuro a abrirla. Con un rugido furioso, él y Trey se precipitan por el pasillo, hacia la oficina.

—Señorita —llama una voz desde una jaula—. Suélteme y la ayudaré. La jaula del lobo de ojos amarillos ahora sostiene a un hombre desnudo, cuya mirada de ojos negros no es menos intimidante que la de su lobo.

Jared tira de la correa de mi bolso, pero me resisto.

—Dice que si le dejo libre, nos ayudará —le digo a Jared, que se queda quieto como si lo estuviera considerando. Me mira con la cabeza ladeada—. Creo que podemos confiar en él —Una cálida sensación en mi estómago me dice que mi intuición es correcta.

Se produce un disparo. Grito, cayendo al suelo y retrocediendo. Jared empuja su cuerpo entre la puerta y yo. Un bramido de dolor y cambia de nuevo a su forma humana.

Extiendo una mano, pero no lo toco. Los músculos se ondulan bajo sus tatuajes. Se pone de pie y mantengo mi mirada en su rostro, pero no antes de notar sus tensos abdominales marcados en la piel bronceada.

Más disparos atraviesan el pasillo.

—Tenemos que ayudarle —lloro, pero Jared me atrapa antes de que pueda correr hacia adelante.

—No lo creo, abogada. Garrett me mataría si te dejo desprotegida.

—Tenemos que hacer algo.

—Yo… puedo ayudar —dice de nuevo el extraño lobo.

—Dame la ganzúa —Jared extiende su mano. Se dirige a la jaula, pero me detiene cuando trato de seguirlo—. Amber, quédate atrás.

¿Qué tienen estos hombres lobo pensando que pueden darme órdenes? Tan pronto como salgamos de aquí, les recordaré que fui yo quien salvó sus peludos traseros.

Suena otro disparo y me estremezco.

De acuerdo, tal vez la salvación sea un esfuerzo de equipo.

—Date prisa —le digo. Jared se acerca a la jaula, con las manos en alto como si mostrara que no tiene armas. Con movimientos lentos y cuidadosos, comienza a forzar la cerradura. El extraño se dirige a la parte trasera de la jaula. Noto que ambos chicos mantienen sus ojos apartados el uno del otro.

Que conste en acta: «A los lobos les gustan los juegos de poder». Porque eso es definitivamente lo que está pasando aquí. Incluso una pequeña humana puede sentirlo.

Un sonido retumbante proviene del pasillo, justo cuando Jared libera la cerradura de la jaula del extraño lobo. Salta hacia atrás cuando la puerta de la jaula se abre.

Me vuelvo para averiguar qué hace el sonido en el pasillo. Sobre sus patas, el lobo de Garrett luce diez veces más grande y sus ojos brillan como los de un demonio. Merodea hacia adelante, levantando la nariz para olfatear el aire, y luego salta sobre mí, aterrizando frente a Jared y el extraño. Hay salpicaduras húmedas en el suelo. Algo oscuro y líquido gotea de las fauces y del costado del lobo.

Sangre.

El lobo de Garrett ruge. Jared se encoge y el lobo mexicano se inclina a su lado para mostrar su barriga.

—¡No! —grito, y me apresuro hacia adelante como una loca—. No les hagas daño.

—Jefe —Trey se tambalea, desnudo, en forma de hombre, también cubierto de sangre.

—Tranquilo, chico.

El poder de Garrett arrasa la habitación, poniéndome de rodillas. Jared y Trey caen al suelo. El extraño lobo salta hacia atrás en la jaula, en forma de lobo, y rueda sobre su espalda con un gemido de sumisión. Sus ojos ruedan de terror.

—Garrett, vuelve conmigo. —Con esfuerzo, levanto la cara. Cualquiera que sea el peso alfa que esté arrojando, me afecta, pero puedo luchar contra él. Me pongo de pie tambaleante y me acerco al lobo gris gigante con las manos en alto y digo en voz baja—: Por favor. Te necesito.

Otro rugido y Garrett comienza a moverse. Se tarda más de lo habitual, pero aparece con la cabeza gacha y el rostro torcido por el dolor. Cuando termina, su pecho se agita como si fuera Ironman. Sus músculos están resbaladizos y cubiertos de rojo y sus ojos todavía brillan plateados. Escaneo su torso para ver si algo de sangre es suyo y jadeo cuando veo una herida de bala.

Él menea la cabeza con desdén.

—No es nada.

Jared y Trey se levantan lentamente y se colocan entre su alfa y el extraño lobo en la jaula, que todavía está gimiendo con sumisión. Noto que tienen tatuajes de garras de lobo a juego en sus hombros, como los de Garrett. Debe ser un símbolo de manada.

—Garrett —le digo, casi sin aliento. Puede que esté de vuelta en forma humana, pero su yo depredador todavía se está mostrando—. ¿Qué pasó? —le pregunto al mismo tiempo que Jared dice—: Los asaltantes...

—Muertos —nos responde Trey a los dos—. Están todos muertos.

Garrett se limpia la sangre de la boca y cierra los dedos en puños.

Aparto la mirada para distraerme de lo que ha hecho Garrett. Eran malos, se lo merecían. Todavía es mucho para nuestra segunda cita.

—¿Descubriste algo sobre…? —pregunta Jared.

—No. —Con un rugido, Garrett levanta una jaula cercana y la arroja—. Perdí el control. —Escucho la amargura de la autocensura y doy un paso al frente, deseando consolarlo. Pero no sé cómo.

Se aleja con unos pasos rápidos, se gira y retrocede, clavándose los dedos en el pelo.

—No queda nadie a quien hacer peguntas ahora —gruñe. Su voz es apenas humana.

—¿Qué hay sobre él? —Inclino mi cabeza hacia el extraño lobo. Se arrastra hacia adelante y salta suavemente de la jaula. Con la cabeza baja al suelo, gime, como si esperara un permiso.

—Cambia —le bufa Garrett.

El extraño lobo se retuerce y cambia a forma humana. Mantengo los ojos por encima de su cintura. Las costillas se ven a través de su piel morena, sus ojos están ahuecados y tienen círculos oscuros. El cabello largo le cae alrededor de ellos. Me pregunto cuánto tiempo lleva prisionero.

Garrett merodea en círculo a su alrededor. Doy un paso adelante, entre ellos, y él ruge, levantándome con un brazo alrededor de mi cintura, girándome y colocándome detrás de él. Trey y Jared se acercan a sus costados, formando un muro humano de protección, conmigo detrás de él.

Me aclaro la garganta.

—¿Alguno de vosotros habla español?

—Puedes hablar con él desde allí —gruñe Garrett.

Pongo los ojos en blanco.

—Señor, ¿vio una loba blanca? ¿Una pequeña hembra? —pregunto en español, alzando la voz para atravesar el muro de hombres lobo.

—¿La americana? Sí —responde.

Me escabullo al lado de Jared para ver al hombre, pero Jared extiende un brazo y me retiene.

—No la toques —bufa Garrett.

Jared deja caer su brazo.

—No la toco, alfa.

—¿Dónde esta ella? ¿Sabes adónde se la llevaron? —pregunto en español.

—La vendieron a los Montelobos. En la jungla.

—¿En qué parte de en la jungla? —pregunto bruscamente —. ¿Lo sabes?

—En Monte Lobo.

Oh. Bueno, por supuesto que los Montelobos viven en Monte Lobo. Eso es casi demasiado fácil. Saco el bolso de mi hombro y le lanzo el teléfono de Garrett a Trey.

—Monte Lobo, en la jungla. Haz que Kylie lo haga.

Después de echar un vistazo a su alfa, el lobo agarra el teléfono y se marcha. Jared va con él.

—¿Hay algo más que puedas decirnos? —le pregunto al extraño en español y traduzco al inglés para beneficio de Garrett.

El niega con la cabeza.

—Pregúntale cómo de grande y fuerte es su manada.

Le traduzco la pregunta al extraño.

—Hay más de cien lobos. Y está bien defendido.

—Gracias, señor.

—A ustedes —Y retrocede haciendo una media reverencia.

Jared entra vestido con unos pantalones de carga que debe de haber encontrado. Le arroja ropa a Garrett y al extraño lobo, quienes arrugan la nariz pero se visten rápidamente.

—Encontré las llaves de su camioneta fuera. Trey todavía está tratando de comunicarse con Kylie, pero deberíamos salir de aquí.

—¿Estarás a salvo si te dejamos? —Le pregunto en español al lobo extraño.

Él asiente con la cabeza, explicando en un español rápido que es de un pequeño pueblo costero, pero que tiene una manada fuerte allí.

—Está bien. Gracias —le digo, y salimos por el pasillo.

—Cúbrete los ojos —murmura Jared.

Antes de que entienda lo que quiere decir, una mano grande y cálida se cierra sobre mis ojos y un brazo se aprieta alrededor de mi cintura. Por la forma en que mis sentidos saltan, sé que es Garrett. No es gentil, sino firme y fuerte. Mis pies se levantan del suelo. Intento no pensar en el olor metálico de la sangre mientras Garrett me lleva por el pasillo. O por un sitio que no veo.

«Céntrate en Sedona».

Una vez que estamos afuera, me deja caer al suelo y respira hondo.

Garrett me hace girar y me mira a la cara con ojos plateados.

—¿Estás herida? Dime que no estás jodidamente herida o volveré y mataré a esos tipos por segunda vez.

La violencia de su afirmación debería asustarme, pero no es así. Toda esa pasión es para mí.

—No duele —le susurro.

Me empuja contra él, aplastando mi cuerpo contra el suyo con tanta fuerza que no puedo respirar.

—Tranquilo, alfa —digo con cierto ahogo.

Me suelta bruscamente y se aleja, como si tuviera miedo de estar demasiado cerca de mí.

Trey trota hacia nosotros, teléfono en mano.

—No tengo señal de celular para comunicarme con Kylie. Vayamos al hotel y busquémoslos nosotros mismos.

Garrett asiente, sombrío.

—Necesito llamar a mi padre para pedir refuerzos. No vamos a ir a Monte Lobo solos.

—Ya lo hice —admito, haciendo una mueca cuando seis pares de ojos brillantes se mueven hacia mí—. No estaba segura de poder salir del almacén y no quería... —El bramido bajo que sale del pecho de Garrett me advierte que estoy preocupando a su lobo de nuevo—. Tu padre está en camino.

arrett

No puedo hablar durante todo el viaje hasta el hotel. Apenas puedo permanecer en forma humana. Nunca había estado tan nervioso, tan cerca de perder el control. No, al diablo con eso, ya lo perdí. Me volví salvaje con esos tipos en el almacén cuando la situación requería inteligencia. Si el tipo de la jaula no nos hubiera dado una pista, no estaríamos más cerca de encontrar a Sedona en este momento, gracias a mí.

Toda la noche fue una mierda. Aparecimos en la fábrica textil. Como la mayoría de los edificios en la Ciudad de México, todo era de cemento por fuera, no había forma de ver el interior. Envié a Jared y Trey en una dirección alrededor del edificio y yo fui en la otra.

Cuando nos encontramos, un imbécil tenía a Trey sujetándole con una llave de cabeza y una pistola apuntándole en la frente. «Manos arriba», gritó.

No tenía que entender español para saber lo que quería. No tuve más remedio que poner mis manos en el aire y subir a las jodidas jaulas que se alineaban en el almacén. Un lobo puede sobrevivir a una herida de bala, pero no en la cabeza.

El único cambiante que conozco que sobrevivió a un disparo en la cabeza es una pantera anciana de Tucson, y tuvo mucha suerte de que los disparos no dieron en nada vital. Y yo no iba a arriesgar la vida de Trey.

Pero en el segundo que estuve en la jaula, me moví, destrozando la ropa. El lugar apestaba a lobos, pero juro que capté el olor de Sedona. Traté de atravesar mi jaula con fuerza, pero no eran jaulas para perros comunes. No, estos tipos sabían lo que estaban haciendo. Las jaulas estaban hechas de acero reforzado. Si Amber no hubiera aparecido...

Gruño en el asiento trasero de la camioneta y Amber me mira con sus hermosos ojos azules. No sé por qué diablos no me tiene miedo cuando estoy así. Seguro que debería temerme.

Mi lobo está listo para escapar y arrancar más gargantas solo de pensar que Amber estuvo allí, poniéndose en peligro por nosotros.

Quiero ponerla sobre mis rodillas y golpearle el bonito trasero rojo por eso, pero sé que no es seguro para mí tocarla. No es que la hubiera lastimado, no de esa manera, de todos modos. Pero estoy a centímetros de marcarla. Entre la luna llena y el deseo de mi lobo de protegerla impregnándola para siempre con mi aroma, estoy temblando por el esfuerzo de seguir unido a ella.

Llegamos al hotel y me dirijo directamente a la ducha. Tal vez si me deshago del olor a sangre, podré calmarme. Es dudoso. Pero vale la pena intentarlo.

Me quito los pantalones, que son demasiado pequeños, y

me meto en el chorro de agua, pellizcando la herida para expulsar la bala que mi cuerpo ya ha enviado a la superficie.

Recuerdo la forma en que mi pequeña abogada palideció cuando vio la herida, el horror que le recorrió el rostro. «Maldita sea», no he hecho nada para ganarme esa preocupación, pero estoy seguro de que voy a tratar de ser digno de aquí en adelante. Y tengo que hacer un mejor trabajo para mantenerla a salvo. Ella también podría haber sido tomada prisionera y ahora todos estaríamos encerrados. O peor.

Debería estarle agradecido, pero en lugar de eso estoy cabreado. Cabreado porque tuvo que arriesgarse para rescatarme. Un rugido resuena en mi garganta.

Enciendo el agua para enfriarme. No hace nada para refrescarme la piel ardiente, para pisotear al lobo.

«Marcarla, marcarla, marcarla».

Estoy ardiendo por hundir los dientes en la carne madura de Amber. Hacerla mía para siempre. Estoy ardiendo por hundir mi polla en su dulce cuerpecito, sentir lo que es moverse dentro de ella. Apuesto a que está jodidamente apretada. Como el cielo. Tal vez haya alguna forma de follarla sin marcarla.

No puedo decir si es mi lobo o mi propia mente tratando de convencerme de que haga lo que no se puede hacer, pero la quiero con una desesperación que hace que mis caninos aparezcan, goteando suero para marcarla. Muerdo mi propio labio y extraigo sangre.

Mi pequeña y dura abogada es todo dulzura por dentro. Un corazón gigante hecho de suaves plumas. Daría cualquier cosa para ganarme el derecho a llamarla «mía». ¿Cómo sería tener a Amber debajo de mí? Me muero por verla mirarme con esos grandes ojos azules, llena de confianza y con su pequeño cuerpo flexible y dulce. «Joooooooder».

Apago el agua y me envuelvo una toalla alrededor de la

cintura. Mi herida ya dejó de sangrar, los bordes comenzaron a cerrarse.

Reservamos una suite, con dos camas en una habitación y una sala de estar en la otra. Trey y Jared están en la suite con Amber y quiero aullar porque Amber está con ellos. Lo cual es muy estúpido, porque aunque sé que ellos morirían por ella, no la tocan solo porque saben que es mía. Y mis muchachos son sólidos como una roca. Ellos nunca, jamás, harían tonterías con lo que me pertenece.

Aún así, golpeo el tocador con el puño. Quiero destrozar la habitación.

No sé cómo voy a sobrevivir toda la noche en la misma suite de hotel que Amber.

~.~

Amber

PARECE que Garrett está tirando cosas en el dormitorio. Siento su agitación a través de la pared. La culpa, la rabia y la frustración se desprenden por el aire. ¿Siempre he sabido exactamente cómo se siente la gente? ¿O solo me pasa con él?

Trey mira en dirección al dormitorio, luego le lanza una mirada de preocupación a Jared. Estamos sentados alrededor de la mesa pequeña. Terminaron mi torta en unos tres segundos y pidieron más comida al servicio de habitaciones.

—Nunca lo había visto tan cerca de perder el control —murmura Trey.

—Lo sé. ¿Qué le pasa? —pregunta.

Jared juega con una caja de fósforos que estaba en la mesa de café, haciéndola girar.

—Luna llena. La hermana ha desaparecido. Y tú…

—¿Qué pasa conmigo?

—Él estaba asustado por ti. Creo que todavía está cabreado. Realmente lo pasa mal por ti, Amber. —La caja de cerillas gira hasta detenerse. La coge y vuelve a empezar.

Mi corazón da un salto.

—Pero los lobos no pueden estar con los humanos —digo lamentándome.

—Eso es un problema. Pero a su lobo no le importa. El animal te reclamó. Una vez que nuestro lobo hace su elección, eso es todo. Tienes que aparearte o...

—¿O?

—O tu animal podría volverse loco por la luna —indica Trey, jugueteando con la perforación del labio con la lengua.

—¿Qué significa enloquecer por la luna? —pregunto.

—Se transforman en animales y no pueden volver atrás. Están perdidos para siempre. No sucede con todos los lobos —explica Trey.

—Solo con los más dominantes —dice Jared.

Trago saliva. Garrett es tan dominante como parece. Pero no quiere aparearse conmigo. Ya me dijo que no puede funcionar.

—¿Los lobos alguna vez se aparean con los humanos?

—No lo sé —dice Jared encogiéndose de hombros—. La mayoría de las manadas desaconsejan el apareamiento con humanos. Y un macho alfa toma a una hembra alfa.

Escucho lo que dice entre líneas. «No con una humana debilucha».

—Al padre de Garrett no le gustaría. —Trey arrebata la caja de cerillas de los dedos de Jared y la abre, sacando una.

Estupendo. Ya he causado una mala impresión.

—Pero hay muchos que creen que solo hay una verdadera pareja para cada lobo. Y el lobo reconoce a su compañera cuando la ve. Estar cerca de ella lo irrita y lo calma. —Enciende una cerilla contra el costado de la caja y lanza el palo ardiendo hacia Jared, quien grita y lo esquiva con una sonrisa—. Así es él contigo.

«Amber Drake, vidente. Domadora de hombres lobo». Quizás cuelgue ese cartel después de todo.

Suena un ruido sordo en el dormitorio, como si Garrett atravesara la pared con el puño.

«Menos mal que la habitación no está en mi tarjeta de crédito». Si está molesto por mí, es mi trabajo suavizarlo. Empujo la puerta, entro y la cierro detrás de mí. Debería tener miedo, pero no lo tengo.

—Oye, ¿estás enfadado conmigo?

—No —ruge, girándose. —Siento su dolor.

—¿Estás molesto porque estaba en peligro? ¿Por qué no me hablas de eso?

Se acerca con ojos plateados centelleantes. Cogiéndome por la cintura, me inmoviliza contra la pared, sosteniéndome a la altura de los ojos.

—Nena, me dejaste muerto de miedo. Podrían haberte capturado. O herido. O asesinado —bufa—. ¿Crees que podría vivir conmigo mismo si te pasara algo?

No puedo hablar. Se me forma un nudo en la garganta. ¿Alguna vez alguien se ha preocupado tanto por lo que me pasa?

—Bueno, no podría. No podría continuar.

—Garrett. —El alcance de su angustia me aturde, rompiendo una pieza endurecida de la armadura que ha estado alrededor de mi corazón durante la mayor parte de mi vida. Alguien se preocupa por mí.

—Debería poner rojo tu lindo culito. —Me deja caer al suelo y me acaricia la mejilla. Su toque es mucho más suave de lo que esperaba. Apoya su frente contra la mía—. No pongas en riesgo su propia seguridad por mí. Soy un cambiante, me curo casi instantáneamente. Tú eres una humana.

«Sí, lo he captado, grandullón».

—Podrían haberte disparado o desgarrado la garganta esta noche —prosigue—. ¿Y si te tomaran para criar?

—Pero yo no soy un lobo.

—No discutas conmigo. —Se aferra a mí en un fuerte abrazo, sus enormes brazos envuelven mi cintura. Arrastra sus labios por la columna de mi cuello—. Eres mía, maldita sea. No puedo permitir que te pase nada. ¿Lo entiendes?

—Lo entiendo —susurro mientras las palabras «eres mía» golpean en mi cabeza, causando un cortocircuito en mi cerebro. Para alguien que nunca perteneció a nada o nadie, nada podría sonar más dulce. Y de alguna manera, pertenezco a Garrett. Aunque soy humana y él es lobo. Aunque no tenemos nada en común, yo soy suya y él es mío. Una ecuación simple sin base lógica. Solo estamos enamorados.

Excepto que me dijo la noche anterior que no puede estar conmigo.

Él palmea mi trasero y aprieta.

—Me reservo el derecho de castigar este jugoso culo más tarde. —Su voz es profunda y grave.

Lanzo una risa ronca.

—Lo siento, no hay doble incriminación.

Me toca el lóbulo de la oreja con la lengua.

—Tendré que hacerlo ahora, entonces. —Me vuelve lentamente para mirar hacia otro lado—. Manos en la pared.

—La orden suena a pura seducción. Desliza sus palmas lentamente por mis brazos para agarrar mis muñecas y levantarlas hasta el yeso frío—. No las muevas. Si lo haces, doblaré tu castigo.

Muevo el trasero, solo excitada por su amenaza. Este hombre, lobo, me quiere. Incluso me necesita. Nunca me había sentido tan deseable en mi vida.

Sus dedos abren el botón de mis *jeans* y engancha sus pulgares en la cintura de los pantalones y mis bragas, y lentamente arrastra toda la ropa por mis caderas. Caen a mis pies.

—¿Cuál es mi sentencia? —digo con voz áspera, quitándome los pantalones.

Aterriza una fuerte bofetada en mi trasero.

—Esta. —Me acaricia con ambas palmas el trasero desnudo y aprieta. Nalgadas de nuevo—. Te deseo —dice con brusquedad. Mi moño francés despeinado cae sobre un hombro. Desliza sus manos debajo de mi camiseta hacia arriba hasta que llegan a mis pechos. Con un movimiento rápido, abre el cierre frontal del sostén y toma mis hinchadas tetas.

—Eres tan jodidamente hermosa, Amber. Te he deseado desde el momento en que ladeaste tu cadera y me enseñaste tu actitud en el ascensor. No sé cómo he podido evitar follarte sin sentido. —Su voz es espesa.

—¿A qué estas esperando? —Yo me atrevo.

Su fuerte inhalación me tiene mordiendo el labio. Un movimiento rápido y mi camisa y sujetador vuelan sobre mi cabeza.

—Manos arriba. —Me clava las muñecas contra la pared con una mano y me golpea el trasero con la otra.

Mi coño se aprieta, la emoción me recorre.

—Estoy tomando la píldora —susurro.

Un gruñido inhumano llena la habitación.

—¿Por qué? —él ruge.

Intento girarme, pero él mantiene su mano cerrada sobre mis muñecas.

—Para momentos en los que tengo muchos ligues. ¡Cielos! Garrett.

Lo siento hundirse detrás de mí.

—Menos mal. Pero nunca me hables de otro hombre a menos que quieras que le arranque la garganta.

—Demasiado, Garrett. —Mi voz es temblorosa, pero una parte de mí está encantada con su posesividad. Sus celos. Quiero que me reclame por completo como nadie lo ha hecho.

Pasa sus manos a lo largo de mi espalda desnuda, las envuelve alrededor de mi pecho para pellizcar los pezones entre sus dedos.

—Te necesito, nena. —Sus dientes me rozan el hombro—. Te necesito tan jodidamente...

Intento apartar las manos de la pared de nuevo, planeando girarme y ayudarlo a seguir adelante, pero claramente él es quien tiene el control. Coloca una mano sobre la mía, sujetándolas de nuevo en su lugar. Un gruñido bajo de desaprobación retumba junto a mi oído.

Su mano libre se desliza por mi vientre revoloteando para posarse en mi monte de Venus.

Ya estoy empapada por él, mis piernas tiemblan de deseo.

Desliza la yema de un dedo grande sobre mi raja, deslizándose en mis jugos.

—Háblame de este coño, abogada —ruge en voz baja—. ¿Me ha echado de menos?

—S-sí.

—Dime que soy el único que lo moja. —Golpea mi clítoris.

—Tú eres mi hombre—murmuro—. Quiero decir, el único.

—Me encantaría volver a probarlo, pero me está costando controlarme. Prometo que le daré la mejor lamida de su vida cuando la luna no esté tan malditamente llena.

Me doy cuenta de que su respiración entra y sale como si estuviera corriendo una carrera. Como si le estuviera costando todo su esfuerzo no atacar.

No quiero que se contenga. Quiero que siga adelante con una desesperación que bien podría igualar la suya.

—Cógeme, Garrett. —Empujo mi trasero, esperando tentarlo.

—Mierda. —Escucho el susurro de sus *jeans* golpeando el suelo—. No estoy seguro de poder hacer esto, cariño. No quiero hacerte daño.

—No lo harás —lo prometo. Nunca pensé que sería del tipo que le gusta el sexo duro, pero en este momento, daría cualquier cosa por una buena y dura cogida. La abogada Amber está consternada.

Garrett ruge y frota la cabeza de su polla sobre mi entrada, deslizándola en mis jugos.

—Sí —respiro—. Cógeme.

Su respiración es ronca en mi oído. Sostiene mi cintura y presiona, llenándome, estirándome con su enorme polla.

Mi coño se aprieta a su alrededor y jadeo por la intensidad. Mis globos oculares ruedan hacia atrás en mi cabeza.

—No te detengas, te necesito en mí.

Su respiración se detiene por completo, luego llega caliente a mi oído mientras se relaja, llenándome. Aplasta mi pecho en su mano y comienza a bombear hacia adentro y hacia afuera, sus caderas golpeando mi trasero.

Mi cabeza se ilumina. El placer es como ninguno que haya experimentado. La polla de un lobo es definitivamente la mejor. Me golpea, la cabeza de su polla golpea mi pared interior. Es increíble. Milagroso, incluso.

Me doy cuenta de que, en mis veintiséis años, nunca me han follado como es debido. Ni siquiera me han tomado por detrás. Nunca lo hice de pie. Nunca tuve sexo con las calientes huellas de las manos de mi amante quemándome las nalgas.

Sí. Garrett ha sido una avalancha de novedades para mí y está a punto de volar mi mente siempre amorosa. Y de alguna manera tengo la sensación de que hay mucho más. Esto es solo la punta del iceberg cuando se trata de sexo con Garrett.

Sus dedos se aprietan en mi cadera.

—Oh Dios —murmura, y embiste con más fuerza.

—Joder, Amber, no puedo... —Un rugido inhumano interrumpe su discurso y se retira. Jadeo y miro sobre mi hombro para verlo tropezar hacia atrás, sus ojos brillando plateados, con los colmillos descubiertos.

«¿Colmillos?» Todavía está en forma humana. ¿Por qué diablos tiene colmillos?

Sacude la cabeza como un perro se sacude el agua.

—Amber. —Su voz es tan gutural que apenas lo entiendo —. Ponte la ropa y lárgate.

—¿Qué? ¡No!

Las venas de su cuello sobresalen. Sus músculos se tensan cada vez más.

—Ahora, Amber. —El dolor debe de aparecer en mi cara, porque parece afligido—. Lo siento —murmura—. Lo siento, Amber. Pero necesito que salgas. Por tu propio bien. Por favor. Sal. —Se dirige al baño y se encierra.

Tambaleándome, recojo mi ropa y me la pongo con manos temblorosas. Que conste en acta: «No tengo ni idea de lo que acaba de pasar».

No quiero irme, pero tengo que cumplir con la petición de Garrett, así que abro la puerta del dormitorio y salgo.

Trey todavía está en la mesa, comiendo la comida que le han entregado. Me mira, luego me mira dos veces más.

—¿Estás bien?

Maldita sea. Las lágrimas caen libremente por mis mejillas.

Se pone de pie y abre los brazos.

—Ven aquí.

Me tambaleo hacia adelante, apoyándome contra su cuerpo larguirucho mientras me envuelve en un abrazo.

—¿Estás bien? —repite.

No pretendo decirle nada. Pero tampoco quise dejar que me vieran llorar.

—Sus dientes se alargaron y sus ojos cambiaron de color —sollozo—. Me dijo que me fuera.

Trey comparte una mirada con Jared al otro lado de la habitación.

—Maldita sea —murmura Jared.

—¿Qué?

Trey deja escapar el aliento.

—Quiere marcarte, Amber. ¿Sabes lo que eso significa?

Niego con la cabeza.

—Ni idea.

—Es la forma en que los lobos se aparean: el macho hunde los dientes en la hembra para dejar su olor de forma permanente. Somos bastante territoriales con nuestras hembras. Una vez que estás marcada, estás emparejada de por vida. Pero no puede hacerlo, porque eres humana. En el mejor de los casos, puede causar cicatrices terribles. En el peor de los casos, podría matarte. No puede controlarse a sí mismo en este momento, por lo que está tratando de protegerte.

Una visión parpadea ante mis ojos: «Estoy de pie frente a un espejo, apartando el cabello de mi hombro para examinar una cicatriz».

La puerta del dormitorio se abre con un estruendo y Garrett asoma en la puerta, con las cejas apretadas alrededor de sus ojos plateados.

Trey me empuja lejos de su cuerpo y levanta las manos.

—No la he tocado…

Un destello de movimiento y un rugido y Garrett vuela por el aire para tirar a Trey al suelo.

—Un poco de ayuda —jadea Trey mientras se aleja, sin luchar, pero moviéndose rápidamente para liberarse.

Garrett sujeta a Trey con su antebrazo a través de la tráquea del lobo.

—¡Garrett para! —grito.

Jared me agarra por detrás y me aparta de Garrett.

Él ruge de disgusto y se pone de pie de un salto detrás de mí. Trey lo atrapa por detrás antes de que me alcance y Jared pone su cuerpo frente al mío, uniéndose a Trey en la lucha contra Garrett. Los dos lobos más jóvenes empujan a Garrett hacia atrás, inmovilizándolo contra una pared, apoyando todo su peso contra él para mantenerlo allí.

—Ve al dormitorio y cierra la puerta, cariño —dice Trey.

Garrett gruñe de nuevo, liberándose de la pared, solo para ser golpeado contra ella por los dos lobos más jóvenes.

—¡Lo siento! No quise llamarla «cariño». Amber, entra en el dormitorio. Ahora —ladra Trey.

Pero no puedo dejar que esto continúe. Garrett está sufriendo porque me necesita y sus amigos están arriesgando sus vidas para protegerme de él. Ignoro la orden y, en cambio, camino hacia Garrett. Dejo mi palma plana sobre su pecho abultado.

—No le tengo miedo —digo en voz baja, con los ojos pegados a los plateados de Garrett.

Juro que veo la chispa del reconocimiento, el destello de azul en sus ojos plateados.

—Será mejor que lo tengas —dice Jared, obviamente luchando con todas sus fuerzas para contener a Garrett.

Ignoro a Trey y Jared y atrapo la mirada de Garrett, sosteniéndola.

—Márcame.

Se lanza hacia adelante de nuevo, pero cuando los chicos lo arrojan contra la pared, le da una sacudida a la cabeza.

—Te haré pedazos, abogada. Fuera de aquí. Por favor.

—No. He visto cómo termina esto. Quiero que me marques.

Garrett se queda quieto, su respiración ronca en su pecho.

—¿Qué?

Asiento con la cabeza.

—Necesitas marcarme. —Me vuelvo hacia los lobos más jóvenes—. Dejadle.

Miran a Garrett, quien me mira fijamente durante un largo rato antes de asentir. Los chicos alivian el peso de sus hombros, pareciendo estar listos para abordarlo de nuevo en cualquier momento.

Me levanta y yo me siento a horcajadas sobre su cintura, rodeando con los brazos su grueso cuello. Me mira a la cara.

—¿Está segura?

Asiento con la cabeza. Aunque mi corazón retumba en mi pecho, confío en él. Nunca me haría daño si pudiera evitarlo.

INCLUSO CON EL lobo que grita para liberarse, mi mente trabaja para estar presente para Amber.

—Nena, ¿entiendes lo que esto significa? —pregunto mientras la llevo a la habitación. No sé cómo ella siquiera sabe lo de marcar.

—Sí —susurra ella—. Que te perteneceré de por vida.

—Así es. Una vez que te haya marcado, nunca te dejaré ir, por ninguna razón. Te seguiría hasta los confines de la Tierra para mantener lo que es mío.

Milagrosamente, ella no parece perturbada por eso. Mi pequeña abogada independiente parece haberse entregado voluntariamente a mí.

—¿Me escuchas? Me pertenecerás. Para siempre. Serás mía para protegerte y mantenerte. Darte placer.

—Quiero que me marques —repite, aparentemente incondicionada por mis palabras.

Cierro la puerta detrás de nosotros.

—¿Sabes lo que involucra? Tendré que morderte, Amber. Una mordida de lobo. Definitivamente te dolerá, y lo más probable es que te dejará cicatrices. Y si lo hago mal, podría matarte. —No quiero hacerle esto. No merece este tipo de trauma.

Ella asiente.

—Vi las cicatrices, en una visión. Por eso sé que esto necesita suceder.

Una visión. Doy gracias al destino. No puedo cometer un error si ella lo vio.

Me siento en una silla, con Amber a horcajadas en mi regazo. Me imagino que necesito quedarme en la parte inferior. Cualquier cosa para mantenerme calmado. Doy palmadas en sus nalgas y luego las aprieto. Ella mueve la pelvis, moliendo mi polla dura.

Tiro su camisa y desengancho el sujetador rosa pálido. Es dulce y delicado, como ella. Definitivamente no pertenece a un tipo como yo, pero no puedo evitar reclamarla ahora que se ha ofrecido.

Mi posición en la manada se alterará. Las predicciones de mi padre de que nunca podría liderar mi propia manada serán ciertas. No me importa una mierda. Amber es «mía». La necesito como un lobo necesita correr.

Sus pechos briosos salen del sujetador de satén y ataco uno, chupándolo a ráfagas con mi boca.

Amber suelta un grito que casi me hace eyacular en mis *jeans* Me va a dar un ataque al corazón. Estoy a punto de clavarle mis dientes alargados en su carne. En el segundo en que hunda mis dientes en ella, voy a explotar como un cañón. Pero le debo mucho más que eso. No quiero que ella recuerde su marcado solo como dolor y trauma.

Pongo mi atención a su otro pezón, golpeándolo con mi lengua, paciendo mis dientes sobre él.

—Quítate la camiseta —murmura.

—¿Mmm?

Ella engancha un dedo en el cuello de mi camiseta.

—Yo también quiero que estés sin camiseta.

Sonrío con lujuria, borracho de deseo, y me deshago de la prenda. Amber recorre con sus manos mis pectorales, arqueándose sobre mí, frotando esas hermosas tetas contra mi piel desnuda.

Un bramido estalla de mi garganta. Tengo que marcarla pronto.

—Necesito estar dentro de ti, nena. —Lamo una línea entre sus venas y su garganta.

Ella se quita el resto de su ropa.

—Bien —me anima.

—No —gimo—. Mi aliento se convierte en jadeos cortos. Necesita todo mi esfuerzo para no arrojarla al suelo y golpearla hasta que se parta en dos—. Dudo que sea bueno. Voy a correrme en el segundo en el que esté dentro de ti. —Desabrocho mis *jeans* y libero mi polla tensa.

La pongo en mi regazo, mirando hacia afuera, y llevo mis dedos a la muesca entre sus muslos.

—Te lo compensaré más tarde, lo prometo —logro decir —. Te compensaré por el resto de nuestras vidas.

Un escalofrío corre a través de Amber. No sé lo que significa. Estoy seguro de que es la esperanza de que no fuera presentimiento.

Pero su coño está mojado. Sé que ella me quiere. Froto la punta de mi polla a lo largo de su hendidura rociada. Todo mi cuerpo tiembla con el esfuerzo de mantenerme en control.

Cada célula de mi cuerpo grita para que la tumbe y la coja con fuerza, marcándola para siempre con mis dientes.

Ella se desplaza para alinear su dulce canal con mi polla palpitante y me levanto por las caderas. Un estremecimiento de satisfacción corre por mi cuerpo. Como si me encontrara en casa.

No he sentido nada tan natural en mi vida. Mi campo de visión se reduce y agudiza cuando el animal en mí surge. Conozco la cintura de Amber y la levanto sobre mi polla, confiando en el destino para no hacerle rozaduras, ni asustarla con lo duro que la cojo y lo profundo que empujo.

Mis caderas se elevan para encontrarse con las de ella y caigo en una necesidad más honda y oscura.

Ella está haciendo sonidos alentadores: sonidos irreconocibles.

—Amber... Amber... Lo quiero... Lo necesito... —Ni siquiera puedo decir una frase entera. La hundo sobre mi polla rígida como si fuera a morir si no me pongo lo suficientemente cachondo, si no llego más profundo y me muevo más rápido.

Aprovecho tener los ojos cerrados, luchando contra el impulso de reclamarla plenamente. La empujo sobre mi polla fuerte y rápido adueñándome de su cuerpo, dominándolo completamente mientras lucho con mi lobo para controlarlo.

—¡Sí, Garrett! —grita ella.

—¿A quién perteneces? —rujo, montando una ola de lujuria tan alta que estoy delirando. Cada empuje en su canal apretado me pone más loco.

—¡A ti! ¡Por favor, Garrett, estoy tan cerca!

—Te daré lo que necesitas —bramo, con la esperanza de poder eyacular porque la fiebre que siento es más caliente que el magma. Me levanto y la doblo sobre la cintura como una muñeca de trapo. Ahora puedo embestir con más fuerza.

Ella grita.

—¡Ahí! ¡Oh, Dios, justo ahí! ¡Oh, Dios, no te detengas! ¡No pares, por favooooooor! —Ella cae en el clímax del orgasmo. En el momento en que su pequeño coño apretado abraza mi polla, la correa en el lobo se desata.

Mis movimientos crecen nerviosos mientras ella continúa apretando mi polla tras haber acabado. Los gruñidos llenan la habitación y abro los ojos dándome cuenta de que estoy haciendo el sonido. Mis colmillos gotean con la secreción para incorporarla en su carne. Quiero con todas mis ganas. Cada músculo está preparado, listo para saltar.

Y así, me corro. El esperma se dispara de mi polla. Me siento hacia atrás y la aprieto con fuerza en mi regazo, con mis pies en el suelo, un rugido llenando la habitación. Si ella fuera un lobo, mordería la parte trasera de su cuello, pero tengo que ser más cuidadoso. Retiro su pálido cabello rubio de su cuello y hundo los dientes en la parte carnosa de su trapecio, donde menos probable es que la dañe gravemente.

Contengo el torrente de energía, hago crujir las mandíbulas con fuerza y hundo los dientes más profundamente en su carne.

Ella grita y yo aprieto los ojos cerrados para evitar el sentimiento de culpa. Mi estúpida polla no capta el mensaje y vuelve a correrse, empujándola. Sacudo los dientes, extraigo los colmillos de su carne y lamo la herida para limpiarla. Mi saliva tiene anticuerpos que deben acelerar su recuperación.

—Ya se ha terminado, nena. Lo siento mucho. —Agarro mi camiseta y la enrosco como una pelota para presionar contra las heridas y frenar cualquier flujo de sangre.

Amber da otro jadeo de aliento y un gemido. Se vuelve a mirarme, y sus amplios ojos azules se llenan de lágrimas.

—Oh, el destino —digo con voz ahogada y mis propios ojos ardiendo.

Ella me toca la cara.

—No, está bien, está bien, está bien. —La levanto de mi regazo, agarro la manta de la cama y la envuelvo a su alrededor.

Debo parecer horrorizado, porque ella sostiene su mano:

—Estoy bien. Estoy bien.

«¡Mierda!» —La sangre está empapando la camiseta a través de su hombro. Quiero romper cosas, todo al alcance. Mi hembra está herida y es mi culpa.

—Amber —digo su nombre como una oración. Como un lamento. Un ruego por su perdón, a pesar de que ya me lo ha otorgado.

Un golpe suena en la puerta.

—¿Todo bien? —Trey pregunta a través de la madera.

Levanto a Amber y la alivio en la cama, luego estiro mis *jeans* y abro la puerta. Trey se encuentra allí, Jared detrás de él.

Nunca he estado más agradecido por el apoyo de mi manada de compañeros, especialmente considerando que acabo de intentar romperles las caras.

—¿Crees que necesita puntos? ¿O lo que sea que hagan los humanos para las heridas?

Trey camina, irradiando calma.

—Déjame verlo. —Toma la camisa de Amber y mira las heridas—. No. Yo no lo veo mal. No hay arterias importantes. Creo que ella estará bien. De todos modos, no ponen puntos en las heridas de pinchazos, quieren que obtengan aire para prevenir las infecciones.

Gracias, joder. Espero que sepa de qué demonios está hablando.

Jared ofrece una botella de analgésicos con etiqueta en español.

—Salí a conseguirte un poco de ibuprofeno —le dice a

Amber—. Y aceite de coco, porque se supone que es antibacteriano y antifúngico.

—No para una herida importante, idiota —dice Trey y Jared lo golpea.

—Y también tengo licor, si lo prefieres. —Jared sostiene una botella de Jose Cuervo.

Aparto la botella de Cuervo.

—Nada de licor. Sí los analgésicos. ¿Puedes conseguirle un vaso de agua?

Amber acepta el ibuprofeno. Ella se ve pálida, lo cual casi me mata, así que la levanto y la subo a la cabeza de la cama, luego me coloco con ella acunada contra mi pecho.

Jared regresa con el vaso de agua y tres ibuprofenos.

—¿Necesitas algo más?

Sacudo la cabeza.

—Está bien, te dejaremos en paz, entonces.

Los dos chicos salen. Tal vez sea porque el pecho se me ha desgarrado, dejando mi corazón abierto y sin protección, pero mi gratitud por su lealtad me abruma.

~.~

Amber

Me inclino hacia atrás contra los sólidos pectorales de Garrett.

—Me siento... un poco rara.

—El suero que recubre mis dientes contiene un medicamento que te dará un subidón. Calma a la mujer después de haber sido marcada.

—¿Es esto peligroso para las mujeres lobo, también?

Sacude la cabeza.

—No. Los cambiantes tenemos capacidades de curación increíbles. Sería un dolor temporal para una loba. Se le pasaría el dolor en unas horas y estaría sanada por la mañana. —Me acaricia el cabello de la cara, la preocupación se graba en las líneas de su rostro.

—También estarás bien.

Recorre su pulgar a lo largo de mi mejilla.

—Eres increíblemente valiente. Eres material alfa, incluso si no eres una loba.

Le estudio.

—¿Qué significa eso exactamente?

Su rostro se apaga, como si él tuviera algo que ocultar.

—Nada. Solo que eres una buena compañera para un alfa. Ah. Ahora entiendo.

—Excepto que una compañera de alfa debe ser una loba.

Su mandíbula se tensa.

—No me importa eso.

No tengo que ser vidente para saber que está escondiendo algo. Protegiéndome de algo. «Mierda». Mi certeza acerca de querer ser marcada merma.

—¿Entonces es un problema que sea una humana? Por supuesto que lo es. —Respondo a mi propia pregunta—. Porque no produciré descendencia cambiante.

—Puede que no —corrige—. Y eso es intrascendente. Tampoco me importa ser el alfa —declara.

Se me pone la piel de gallina. Mi cabeza está aturdida por la droga del suero, y la sacudo para aclararla.

—Espera ... ¿Podrías perder tu posición como alfa porque te apareas conmigo?

Su rostro se endurece.

—No eres solo una humana. Eres paranormal, una vidente. Eres una compañera perfecta para un alfa —repite como si estuviera hablando directamente sobre mi don a los detractores.

Mi visión se difumina.

—Lo siento.

—No —dice ferozmente—. No lo sientas. Será mejor que no lo digas, porque tengo la suerte haber encontrado a mi alma gemela. ¿Crees que la necesidad de marcar pasa todas las lunas llenas, con cualquier mujer? No lo hace. Nunca la he sentido antes de conocerte. Así que pude haber retenido el instinto, pero no porque estuviera preocupado por perder mi posición de alfa o el estigma de apareamiento con una humana, ni algo así. ¿Me entiendes? —Él me levanta la barbilla—. Solo tenía miedo a lastimarte, y porque no era justo reclamarte bajo estas circunstancias.

—¿Qué circunstancias?

Su cara se nubla.

—Te hice fuerte para ayudarme. Te traje aquí contra tu voluntad. Apenas me conoces. Y no tienes idea de en qué te has metido apareándote conmigo.

El suero me ha relajado ahora, quitando la agitación y el dolor punzante.

—¿En qué me he metido? —pregunto con tono burlón—. ¿Un lobo dominante que amenaza con azotarme cuando no sigo las órdenes? —Solo decir las palabras reactivan mi lujuria anterior y cuando Garrett inhala bruscamente, sé que está oliendo el perfume de mi excitación.

—Tienes un compañero que va a usar tu pequeño cuerpo, y en todos los sentidos que quiera, en cualquier momento, en cualquier lugar —brama en mi oído. Envolviendo un puño en mi cabello, tira de mi cabeza hacia atrás.

Mi coño se aprieta.

—Cuando me ofendas, te quitaré tus bragas y te daré

nalgadas con mi mano. Empujaré mi gran polla en tu trasero y no te dejaré correrte.

Una risita sorprendida sale de mi boca. Mi cuerpo se convierte en deseo líquido cuando se avecina el indicio de un orgasmo sin que se hayan tocado mis partes femeninas. Parece que lo sabe, porque desliza los gruesos dedos entre mis muslos, de alguna manera encontrando la protuberancia hinchada de mi clítoris a través de mis *jeans*.

—Te ataré a la cama y te cogeré con locura. Y cuando termine, empujaré un gran tapón en el culo y te azotaré, solo porque quiero.

—Estás loco —murmuro, pero mi muslos en tijera, bien juntos, sienten un orgasmo que se explota a través de mí. Mis músculos del piso pélvico se elevan cuando mi coño se contrae en una serie de ondas.

Garrett me toca la nuca.

—Maldición, nena, incluso habiéndote marcado, no sé cómo pasar la noche sin follarte de seis maneras distintas hasta el domingo.

—¿Qué te contiene? —pregunto con mi mejor voz de amante.

—Las heridas abiertas en tu hombro —dice, matando el estado de ánimo—. Y saber que mi padre estará aquí pronto.

Un destello de certeza parpadea.

—Ya está aquí —le digo, justo antes de que un fuerte golpe suene en su puerta.

arrett

—Espera aquí, nena. —La aparto de mi regazo y la dejo en la cama. Dudo que mi padre reciba nuestro apareamiento con una celebración, y me condenaré si voy a exponer a Amber a su reacción.

Se ve adorable con el pelo despeinado y los ojos brillantes con el típico aspecto de quien acaba de ser follada. Por suerte, su color ha vuelto. Estampo mi boca sobre sus labios llenos y me retiro, apenas capaz de arrancar los ojos de ella. «Mi humana. Mi compañera». Casi no puedo creerlo.

Jared ya dejó a mi padre y los tres primeros de su manada llenan de la suite del hotel con expresiones sombrías. Siento una puñalada fresca de vergüenza por mi incapacidad para recuperar a Sedona mientras avanzo para darle la mano a mi padre. Él no es el tipo de padre que da abrazos, pues mantiene su autoridad fría a distancia, incluso con los miembros de su familia.

—Hijo —me dice mientras aprieta mi mano—. ¿Qué diablos está pasando?

—Sedona fue secuestrada por lobos mientras estaba en un viaje de vacaciones a San Carlos. Estaba en un área remota llamada Monte Lobo. Con tus refuerzos, planeamos ir a liberarla al amanecer.

—Deberías haberme llamado de inmediato.

Esperaba esta crítica, pero todavía hace que pese en mi pecho.

—Lo sé. Quería cuidarla sin preocuparte, pero tienes razón, y lo siento.

Mi padre me mira fijamente con sus ojos de acero gris, veo las marcas en su rostro, lo que hace que parezca mucho más viejo de lo que recordaba. Me doy cuenta de que él ya no ganaría una batalla entre nosotros por ser alfa, aunque nunca le desafiaría. Mi padre asiente, una vez.

—¿Quién demonios es Amber?

Como si supiera que es el momento oportuno, mi pequeña humana sale del dormitorio, vestida pero todavía ligeramente mareada. Mi corazón se tambalea. Alzo un brazo y ella se sitúa debajo él y se acomoda a mi lado.

—Amber Drake, señor. —Ella sostiene su mano. No sé cómo sabe que tiene que llamarle «señor», pero aprecio su capacidad para adaptarse a la situación. Parece una chiquilla, pero la veo crecer y su espalda se endereza. Debe de ser un enemigo formidable en la sala de juicios.

—Ella es mi compañera. —Encajo mis palabras con un tono de acero para advertirle a mi padre contra cualquier insulto. Puede que no lo apruebe, pero ya está hecho y tendrá que acostumbrarse.

Los ojos de mi padre viajan a la herida fresca en su

hombro, luego descansan en su cara. Él le da una mirada severa, como si fuera uno de sus miembros.

—Te dije que no te movieras de donde estabas, jovencita.

—Déjala —gruño, pero Amber no parece desconcertada.

—Lo sé, señor.

Mi padre continúa estudiando a Amber, quien, increíblemente, no se acobarda. Si ella mostrara el más mínimo signo de angustia, hubiera retado a mi padre en ese momento para probar quién es el alfa ahora.

—¿Así que fuiste a rescatar a estos lobos por ti misma?

Amber levanta su barbilla de la misma manera que hizo la noche que la conocí en el ascensor, negándose a mostrar intimidación.

—Tuve que hacerlo, señor —dice ella—. Lo supe en una visión.

—No me lo mencionaste —digo. Eso alivia algo de mi culpa y angustia sobre el riesgo que pasó.

—No estabas en un estado de ánimo para conversar. —Ella me mira desde debajo de sus pestañas, haciendo que mi corazón salte y golpee contra mis costillas. Es tan pequeña, pero me maneja con un dedo.

—¿Así que tienes visiones? —mi padre pregunta. El escepticismo se deja ver a través de sus rasgos.

Amber asiente.

—A veces, señor. No siempre puedo controlarlas. —Su rostro se retuerce en una mueca de dolor.

«Es por las heridas de mordedura». La pongo más cerca de mi lado, listo para apresurarme al hospital en un abrir y cerrar de ojos.

—Sedona ha sido apareada —dice Amber en un ahogo. Su mueca era una visión, no la marca. Pero su compañero no la ha secuestrado. Él está tratando de liberarla.

—¿Su «compañero»? —mi padre se desmorona.

Los ojos de Amber vuelan amplios, como si su revelación le sorprendiera incluso a ella. Mira más allá de mi padre, con vista desenfocada.

—Sí... estaban encerrados juntos durante la luna llena. La marcó.

—¿Sabes dónde está ella? —Mi padre se asoma, mirándome.

—Asiento con la cabeza.

—Entonces vámonos. Tenemos tres SUV de lobos esperando en la calle. Sin humanos.

Aunque estoy de acuerdo, odio la forma en que da la orden sin siquiera mirar a Amber.

Me dirijo a ella y le cubro la mejilla.

—Quiero que te quedes aquí, nena. No te necesitaré, pero esta vez ni siquiera pienses en rescatarme. No importa lo que te muestren tus visiones. ¿Lo entiendes?

Asiente. Hay un rastro de tristeza en ella que no puedo identificar, pero mi padre ya está empujando a todos por la puerta.

—Trey, te quedas con Amber. En caso de que sus heridas empeoren.

—No, estoy bien —ella se interpone—. Totalmente bien. Vosotros os vais.

Dudo, me desgarro entre querer estar completamente preparado esta vez cuando localicemos a Sedona y mi preocupación por Amber.

Ella nos empuja por la puerta.

—Estoy bien. Me encerraré, pediré servicio a la habitación y esperaré a que regreséis.

—Está bien —cedo. Me inclino para besarla—. Descansa un poco, nena. Duerme hasta mañana. Te llamaré al teléfono del hotel con las novedades.

Ella levanta los labios y me besa y yo la dejo a regañadientes. Su rostro está sombreado, y la única forma en que puedo convencer a mi lobo para dejarla es jurando en silencio regresar.

~.~

Amber

LAS NÁUSEAS me golpean en el momento en que ellos se van. Entre la sensación de estar drogada por haber sido marcada, el dolor y el agotamiento general, mi cuerpo se rebela en lo que sé que necesito hacer...

«Irme».

Si hubiera sabido que Garrett perdería su posición como alfa marcándome, nunca le habría dejado de hacerlo. Su manada lo es todo para él. He visto lo unidos que están, más que cualquier familia. Se cuidan el uno al otro, se guardan las espaldas. Sus chicos harían cualquier cosa por él. Tiene una manada como tatuaje en su brazo, por el amor de Dios.

La soledad se dispara a través de mí, simplemente al contemplar que voy a dejarlo. Antes de conocer a Garrett, me adapté a mi soledad. Usé medidas de orden, control y sentido de estar contribuyendo a la sociedad para mantener mi vida en orden.

Pero ahora veo todas esas cosas por lo que eran, una máscara para ocultar la verdad que siempre me rodea. Estoy sola en el mundo.

Lo cual está bien. No todos pueden pertenecer a grandes manadas o familias. Aprendí a manejarme por mi cuenta, y también me las arreglaré sin Garrett. Tengo mi trabajo. Y a mi mejor amiga. Y quiero apoyar a los niños que necesitan mi ayuda. Bueno, sí, ese es mi trabajo.

Solo nos encontramos por unas horas. Apenas le he considerado mi novio por un día.

Dejarle ir no será tan difícil.

«Sí, claro».

Mis ojos arden mientras lanzo mis cosas a la maleta plateada, la llené cuando Garrett me ordenó que empacara. Cada vez que renuncio a la autocompasión, me recuerdo que estoy haciendo esto por Garrett. Él merece una loba alfa como compañera.

No a la loca Amber.

Definitivamente no.

Yo tampoco quiero a mi yo loca, ¿cómo podría ser lo que Garrett desea?

No, su preocupación por Sedona, la luna llena, y su proximidad le hicieron impetuoso. Tarde o temprano se dará cuenta de que cometió un error. Quizás la próxima semana. Tal vez en un mes o en tres. Pero sucederá, como la inevitabilidad de la próxima luna. Mejor romper el lazo rápidamente. O salir antes de que se haga más daño. O cualquier frase que suene mejor en esta situación.

Ha sido un fin de semana salvaje, pero eso es todo lo que ha sido. Salvaje. Y un fin de semana.

Salgo de la habitación del hotel y tomo el ascensor hasta el vestíbulo. Es la pasada la medianoche, pero encuentro un taxi fuera y pido ir al aeropuerto.

Mientras me alejo, la cabeza comienza a latirme. Revuelvo en mi bolso para sacar la botella de ibuprofeno que Trey me trajo, aunque sé que no me sentará bien. Miro fijamente las calles oscuras y me preparo para el dolor. No el de mi cabeza, sino de la jabalina gigante que entró a través de mi pecho.

Voy a superar esto.

En el aeropuerto, verifico las salidas y encuentro una que va a Phoenix a las 6 a.m. Son dos horas hasta Tucson, pero es lo suficientemente pronto. Pago un boleto y me siento en una silla para esperar a que pase la noche.

Las visiones vienen en el momento en que cierro los ojos. Lucho contra ellas, pero siento como si mi cabeza explotara. Veo películas a velocidad rápida de Sedona, una hermosa morena, encerrada en una habitación escasamente amueblada con un joven mexicano. La visión se hace borrosa y pasa a una pelea entre el joven y los lobos que guardan la puerta. Luego veo a los dos, de pie en una hermosa terraza que domina una vasta jungla. La furgoneta que Trey robó desde el almacén circula por la carretera de abajo.

«Garrett».

Mi cuerpo se llena de él, como si no solo él simplemente hubiera introducido su aroma en mí, sino también su esencia, haciéndome por siempre adicta. Empujo las visiones, las tapo. Mis piernas son inestables cuando estoy de pie, pero camino hacia el baño para refrescarme la cara con agua fría. Ya casi ha amanecido. Mi avión saldrá pronto y puedo dormir ahí.

Mañana estaré en casa y podré seguir fingiendo que esto nunca sucedió.

Me miro en el espejo, pero no me veo, veo a la mujer de pelo blanco del baño del aeropuerto. Ella me mira de vuelta con acusación en sus ojos.

—Lo siento —me ahogo, la habitación está girando. Me aferro al mostrador para no caer.

Lo último que recuerdo es que mi visión se volvió negra justo antes de que mi cabeza se golpeara contra algo duro y perdí la conciencia.

~.~

Garrett

ME SIENTO en una camioneta para veinte personas y crujo mis nudillos tatuados. Llevamos tres furgonetas gigantes, más como mini-buses, conduciendo en caravana hacia la jungla. Mi padre trajo a sesenta hombres con él. Los Montelobos son más de cien. Tenemos probabilidades decentes, teniendo en cuenta lo feroz que puede ser mi manada. Aún así, es la primera vez que voy a una pelea con alguien esperando que regrese.

La vida se valora más ahora. Mi propia vida, la de Amber. Ciertamente la de Sedona. ¡El destino! Ella es solo una niña, todavía. Esto no debería haberle sucedido.

Conduzco en la camioneta con los miembros de mi manada para hacerles saber cuánto aprecio su apoyo, lo importante que es esta batalla para mí. Voy allí para salir victorioso. Perder no está en mi sangre, especialmente si está involucrada Sedona. Dado que la misma sangre corre por las venas de mi padre, sé que somos invencibles.

El viaje dura dos horas y media. Es el tiempo suficiente para que repita cada momento que pasé con Amber, desde el día que la conocí hasta el momento en que la dejé en el hotel. En una breve cantidad de tiempo, ella ha cambiado por completo mi vida.

Me siento muy alejado del chico fiestero nunca dispuesto a establecerse de hace una semana. El tipo que mi padre regañó duramente por no manejarse y actuar como un verdadero líder. El chico al que no tomó muy en serio. Sí, yo era un hombre de negocios exitoso, pero no había sido difícil. Tuve el toque del rey Midas. Entré en el mercado inmobiliario en el momento adecuado. Mi padre me proporcionó capital inicial, pero pude devolverlo en un año. El resto lo hice por mi cuenta.

Es muy fácil ver ahora que jugué al rebelde por temor a convertirme en mi padre. Miedo a convertirme en un imbécil que lidera su manada y una familia duradera con firmeza.

Excepto que ahora mis propios instintos para proteger a los seres más preciosos para mí —Amber y Sedona, y los miembros de mi manada también— se han colocado en el nivel más alto de prioridades, entiendo de dónde vengo. Hemos tomado diferentes opciones en el estilo de liderazgo, pero probablemente ambos queremos las mismas cosas. Y ahora que tengo una compañera, es obvio para mí que necesito madurar.

Necesito ser el tipo de hombre que Amber estaría orgulloso de presentar a sus colegas, a sus niños del orfanato.

Eso no significa que me voy a poner un traje y una corbata, pero es hora de dejar de vivir como un chico de fraternidad.

La furgoneta acaba en un camino de tierra estrecho, subiendo más y más alto en la selva tropical densa. Todo se ve rural y pobre hasta que nos detenemos ante una puerta de seguridad eléctrica de alta tecnología. Mi padre y yo salimos. Aplasto la cámara de seguridad hacia abajo mirando hacia nosotros y le ayudo a arrancar la puerta de sus bisagras, doblar y rasgar el metal.

Estoy listo para cambiar allí mismo y correr en cuatro patas, pero mi padre ordena que las camionetas conduzcan más. Me desabrocho la camisa cuando entro en la camioneta y mis chicos hacen lo mismo. Estaremos listos para encontrarnos con ellos en forma humana o de lobo, lo que sea necesario.

Conducimos otros ocho kilómetros, todavía subiendo por el costado de una montaña. En la distancia, surge una ciudadela. No hay otra palabra para describirlo. Rodeado de suaves muros de adobe, un enorme palacio se asienta en una colina alta, con balcones con balaustrada y torretas con vistas a un enclave de pequeñas chozas con techo de paja. Parece un hogar medieval de regalías y campesinos.

Los límites terminan en un puente elevadizo gigante que está cerrado, por supuesto.

Las furgonetas se detienen y empezamos a amontonarnos. El reflejo de un movimiento detrás de nosotros me hace girar y cambiar parcialmente, pero me levanto.

—¿Sedona?

Mi hermana está corriendo hacia nosotros a máxima velocidad. Lleva un tipo de vestido fluido y antiguo y yo huelo su sangre, mezclada con la de los hombres.

Amber tenía razón, no es que lo hubiera dudado. Sedona ha sido marcada.

—¡Garrett! —me llama, salta por los aires y aterriza en mis brazos, envolviendo los brazos y las piernas a mi alrededor como una niña pequeña.

Me caigo con el impacto y envuelvo los brazos alrededor de ella. —

¡Sedona! Estás bien. Estamos aquí ahora.

Mi papá nos une y la pone hacia abajo y ella también lo abraza.

—¿Cómo llegamos? Voy a matar a cada cabrón.

—No —dice Sedona bruscamente. Ella dispara una mirada por encima del hombro en la dirección que vino. Un niño pequeño, de no más de nueve años, se encuentra allí.

Parece desconcertado—. Sácame de aquí. No quiero una pelea, solo quiero irme a casa. Vamos.

Mi papá sacude la cabeza.

—Nadie me roba a mi hija y vive.

—Ellos no me robaron, me compraron. Eres bienvenido a matar a los indeseables que me robaron, pero solo quiero salir de aquí. Ningún derramamiento de sangre. Vamos a irnos.

Veo que mi padre no se va a ir, así que agarro su brazo y me tiro de cabeza hacia la camioneta.

—Papá, ven aquí.

Su boca se cierra en una línea estrecha, pero él me sigue por la parte trasera del vehículo donde podemos hablar en privado. Bueno, la intimidad es en gran parte una ilusión, porque los lobos tienen una audición increíble, pero al menos los otros entienden que queremos hablar a solas.

—Papá, ¿no crees que Sedona lo ha pasado suficientemente mal? Ella ha sido apareada. Podría tener sentimientos conflictivos hacia el chico. Lo último que necesita es más trauma. Si ella dice que no hay derramamiento de sangre aquí, creo que tenemos que honrar sus deseos.

Mi papá gruñe.

Me mantengo en el suelo, negándome a levantar la barbilla o cuestionar su autoridad. Mi lobo es alfa ahora. Él necesita escucharme en esto.

—No los matamos y enviamos el mensaje que somos débiles.

—Así que volvemos más tarde y matamos a toda la ciudad —le digo secamente, aunque mi padre es capaz de tal violencia—. Ahora mismo sacamos a Sedona de aquí, escuchamos su historia y nos reagrupamos. Si decidimos volver, regresaremos. Con mucho gusto despedazaré a cada cabrón extremidad por extremidad. Sabes que lo haré.

El estruendo en la garganta de mi padre disminuye y

desaparece. Da un único asentimiento y va alrededor de la camioneta, dando la orden de retirarse. Los chicos se mueven con precisión militar y nuestra caravana está en camino en menos de sesenta segundos.

Me siento en un asiento trasero con Sedona, envolviendo un brazo alrededor de sus hombros, esperando hasta que esté lista para hablar.

~.~

ESTAMOS SUBIENDO por las calles de la Ciudad de México cuando Sedona finalmente habla.

—¿Cómo me encontraste? —A pesar de la prueba que ha pasado, se ve vibrante, la juventud y la vitalidad rezuman de ella, como si amara haber sido marcada.

—Mi compañera te encontró. —Hay mucho orgullo en mi voz cuando lo digo, estoy seguro de que Amber puede volver a sentir mi amor en nuestra suite de hotel.

«Voy a por ti, nena. Casi llegamos».

Sedona levanta sus ojos verdes cansados.

—¿Tu «compañera»?

Toco la parte posterior de su cuello donde sus marcas de mordida están curándose.

—Parece que ambos amamos esta luna.

Los ojos de Sedona se llenan de lágrimas y ella mira hacia otro lado. Estoy listo para matar el gilipollas que hizo esto, y me muero por conocer su historia, pero me obligo a permanecer en silencio. Si me pongo brusco, ella se alejará.

—¿Cuéntame sobre ella? —Su voz se ahoga con lágrimas.

Dejo caer un beso en la parte superior de su cabeza.

—Su nombre es Amber. Es una humana, vidente y abogada. Y mi vecina de al lado. Cuando desapareciste, le dije voluntariamente que necesitábamos su ayuda y la llevamos a México. Ella nos ayudó a seguir tu camino a la Ciudad de México, donde encontramos a tus captores, que ya están muertos, por cierto, y luego ayudó a obtener la información sobre este lugar.

—Una humana, ¿eh? Nunca lo hubiera pensado. —No escucho un rastro de juicio en la voz de Sedona, o hubiera ido a la defensiva. Todavía estoy esperando más reproches de mi padre.

—Yo tampoco. —Me encogí de hombros—. Mi lobo la escogió.

La cara nublada de Sedona y su mirada se alejan, la tristeza penetra en su mirada.

—Sí. Supongo que eso es lo que sucede.

«Mierda». Ella debe de haberse colgado por su compañero, quien quiera que sea. Podría tener el síndrome de Estocolmo.

—¿Seguro que no quieres que vuelva allí y mate a toda la manada Montelobo? Porque no lo dudaré si lo dices, pequeña hermanita.

Ella sacude la cabeza.

—Estoy segura. No dejes que papá vuelva tampoco. Creo que... son solo una manada realmente jodida. —Ella levanta su cara encontrarse con la mía—. Entonces, ¿dónde está Amber ahora? ¿Cuándo puedo conocerla?

Sé que ella está forzando una cara alegre para mí, y me mata. Llegamos frente al hotel.

—Ella está en nuestra habitación. Vamos, puedes encontrarla ahora.

Nos bajamos de la camioneta y nos entramos en el

ascensor con Sedona, Trey y Jared. Me doy cuenta de que Sedona se une a mí rápidamente, como si tuviera prisa para entrar en mi camioneta. No quiere lidiar con nuestro padre. No la culpo. Pongo un brazo sobre sus hombros y se apoya contra mí.

Solo me he ido seis horas, pero me estoy muriendo por ver a Amber. El destino. Espero que su herida de la mordida no le haya causado ningún problema. Probablemente se ha sentido miserable.

Pego mi llavero en la puerta y se abre. En el momento en que entro, sé que algo está mal.

El aroma de Amber no está ahí. Bueno, las trazas sí, pero ella no está en la habitación.

—¿Amber? —la llamo a pesar de todo. Hay una nota sobre la mesa y me lanzo sobre ella.

GARRETT,

NO QUIERO UNIRTE a algo que sucedió mientras estabas bajo la influencia del estrés y una luna llena. Sé que el apareamiento con un humano cambiará tu posición con la manada y con tu padre, y no quiero tener ese peso sobre mis hombros. Vamos a recordar esto como una segunda cita interesante y acabar con ello.

Cogí un avión de regreso a Tucson. Por favor, dame algún tiempo antes de que te detengas por mi apartamento, me gustaría cierta distancia para sanarme.

CON AMOR,
Amber

. . .

No.

Mi rugido sacude las fotos en las paredes. Estrujo la nota y la arrojo al suelo.

Ella no puede desaparecer.

No lo aceptaré.

Agarro mi celular y marco con fuerza su número antes de recordar que el suyo no funciona aquí. Dejo que suene y vaya al correo de voz de todos modos.

—Amber. Necesito hablar contigo de inmediato. Llámame. —Quiero decir un millón de otras cosas, pero no confío en mí mismo para no estropearlo y decir algo estúpido. Trey, Jared y Sedona tienen los ojos abiertos y se muestran cautelosos, tomando distancia para salir corriendo en estampida, pero mostrando simpatía en sus caras—. Trey, consigue a Kylie para descubrir en qué avión está ella.

—Estoy en eso, G.

Camino en círculos alrededor de la habitación como si estuviera acechando y golpeo un puño contra la pared.

—¡Garrett! —dice Sedona bruscamente.

Me giro para mirarla, con los puños apretándose. Mis gruñidos hacen que sea difícil escuchar nada.

—Si deseas que tu pareja regrese, es mejor que tengas un mejor plan que apuñalar el yeso.

Parpadeo ante ella. Necesito un minuto completo para que sus palabras me lleguen, pero luego me doy cuenta de que tiene razón.

—Mierda. —Revuelvo mi cabello con mis diez dedos y me sostengo la cabeza.

No tengo ni idea de cómo recuperar a mi compañera. Claramente, no tuve ni idea de cortejarla en primer lugar, ya que ella dijo que nuestras dos primeras citas eran épicamente malas.

El teléfono de Trey suena.

—Estás de suerte. Reservó un vuelo temprano en la Ciudad de México, pero nunca embarcó. Ahora está esperando para un vuelo que se sale en... —Mira su teléfono... —. Una hora. Vamos.

Me siento aliviado de dejar que Trey conduzca por un momento mientras mi cerebro trata de reiniciar el deseo feroz de mi lobo de reclamar a su compañera. Todos lo seguimos de vuelta por el ascensor. Mi padre y algunos de sus miembros de su manada todavía están en el vestíbulo, y nos hablan, pero no puedo escuchar por los zumbidos en mis oídos. De alguna manera, terminan de unirse y todos nos dirigimos a una de las camionetas.

A medida que el vehículo se dispara a través del tráfico, mi mente revisa los recuerdos de cada momento que pasé con Amber desde el día en que la conocí.

No tengo ninguna duda de por qué la elegí como compañera, está tan claro como el día ahora. Un brillo impregna cada interacción que tuvimos. Puedo ver que Amber Drake es un regalo. Para este mundo. Para los niños que ella ayuda. Para mí. Ella tiene el corazón de un ángel y el coraje de un cambiante. Ella es delicada pero fuerte. Potente a su manera. Su capacidad para amar, perdonar, ofrecerle tiempo y corazón a los demás no conoce límites.

La necesito.

No solo para mi lobo. Para mí.

Y haré cualquier cosa en este mundo para ser digno de Amber Drake.

~.~

Que conste en acta: «Romper con un lobo causa dolores de cabeza severos». Me despierto en el suelo del baño y me entero de que perdí mi vuelo. No tengo idea de cuánto tiempo he estado acostada allí o si alguien ha intentado ayudarme.

Las mujeres caminan en un círculo grande para evitar pasar cerca de mí, como si lo que me hubiera ocurrido para estar en el suelo pudiera ser contagioso. El cielo prohíba que alguien llame al 9-1-1. Por supuesto, ese número podría no funcionar en México.

Me arrastro a un mostrador de boletos, vuelvo a hacer una reserva para el próximo vuelo a los Estados Unidos y me acurruco mientras espero. La luz de las ventanas me rebana la cabeza como un objeto físico. Las náuseas me marean un poco.

Puedo hacer esto. Solo necesito llegar a casa, meterme en mi cama.

Por supuesto, ese pensamiento me recuerda al último dolor de cabeza que tenía, cuando Garrett me llevó a mi cama y me puso un paño fresco en la cabeza. ¿Cómo podría haber pensado alguna vez en él como un rufián? Puede tener un exterior rudo, pero es un gigante tierno, si alguna vez he conocido a uno. Nunca quiso hacerme daño.

Pero lo ha hecho.

No es la mordida, sé que eso se curará. También sé que la pedí.

Es mi corazón el que nunca se podrá reparar.

He pasado toda mi vida sin sentirme segura. O completa. O amada. Nunca pertenecí, nunca encajé. Con Garrett, todo cambió. Él abrazó todo mi ser, no solo a la abogada Amber. Se preocupó por mí, por mi seguridad.

Pero aceptar aparearse después de un solo fin de semana

juntos fue estúpido. Era el equivalente a una boda de borrachera en Las Vegas a medianoche. Con o sin el predicador personificando a Elvis. El evento del que despiertas dándote cuenta de que fue un gran error.

Así que me iré a casa. Seré la abogada Amber de nuevo. Seguiré ayudando a los niños. Y antes o temprano, los recuerdos de este fin de semana se desvanecerán.

¿Verdad?

Me froto las sienes punzantes y me encojo en la incómoda silla de plástico.

Una conmoción cerca de la puerta de seguridad me obliga a entreabrir un ojo para echar un vistazo y sigo quieta.

Garrett está marchando hacia mí, flanqueado por una docena de hombres enormes y duros, incluyendo a Trey, a Jared y a su padre. ¡Ah! y a una mujer que debe de ser su hermana.

La profunda determinación le impregna el rostro mientras se acorta el espacio entre nosotros. Sus ojos están pegados a los míos. Me preparo para que el dolor de cabeza aumente, y para la posibilidad de desmayarme de nuevo, pero no lo hago. En cambio, mi mundo se silencia. Todo el ruido en mi cabeza se detiene.

Me resisto a la tentación de caer de nuevo en los brazos de Garrett. Me fui por él. Él está mejor sin mí. Así que no puedo dejar que la forma en que mi corazón palpita en mi pecho, la manera en que mi cuerpo vibra con la emoción por verlo, afecte mi decisión.

Hemos terminado.

Garrett se acerca rápido y furioso, me temo que tirará toda la fila de sillas donde estoy sentada, pero se detiene cuando me alcanza. No me presiona y se agacha delante de mí.

—Garrett, no.

—Nena.

Oh, Dios. No conté con él hablando tan suavemente, tan tiernamente. Esperaba que tirara su peso con su habitual brusquedad de lobo dominante. Estaba preparada para defender mi caso. Pero esta dulzura me golpea entre los ojos, acelera mi anhelo por él y el dolor en mi pecho y la cara se acumula como en una olla a presión.

Garrett se aclara la garganta, como si no estuviera seguro de qué decir. No estoy acostumbrada a ver el lobo arrogante fuera de su juego.

—Cometí muchos errores. Si pudiera cambiarlo, haría que nuestra primera y segunda cita fuera las mejores de tu vida.

Las lágrimas me inundan los ojos. Parpadeo furiosamente, sin querer derramarlas.

El séquito de Garrett se ha reunido detrás de él, sin ofrecernos ninguna privacidad, como si ellos también fueran parte de esta discusión.

—Me aseguraría de que nunca dudes de lo que siento por ti. Y te garantizaría que no fue la luna llena o mi lobo que te escogió como mi compañera. *Yo* te elegí, Amber Drake. Humana. Vidente dotada. Abogada de gran corazón. Te necesito, nena. Y no me importa lo que ninguno de ellos piense. —Finalmente reconoce a nuestra audiencia con un tirón de su cabeza—. No me importa si pierdo mi posición como alfa. O si mi familia me ignora. Todo lo que me importa eres tú. Estar contigo y para ti. Porque nada en mi vida significaba nada hasta que te conocí. Ahora tengo un propósito.

Por mucho que trato de no llorar. Las lágrimas corren por mi cara mientras trato de no lanzarme a los brazos de Garrett.

—¿Cómo sería? —susurro.

—Hazme digno de ti.

—Detente —me ahogo.

—Voy a dar lustre a mis zapatos y venderé mi motocicleta, si quieres. Voy a ceder el club nocturno a los muchachos. Ayudaré a tus niños del orfanato. Lo que necesites de mí, voy a ser eso para ti, Amber. Porque eres «mía». Te dije que una vez que te hubiera marcado, nunca te dejaría ir. Y era de verdad. Voy a trabajar duro para hacerte feliz. Voy a hacer que te sientas orgullosa de llamarme tu compañero.

Esto es demasiado para no lanzarme a él.

Vuelo hacia Garrett y él me atrapa de pie, con mis brazos envueltos tan apretados alrededor de su cuello que casi le estoy estrangulando.

—Nena —dice con voz ronca—. ¿Es un sí?

—Sí —susurro.

La manada se reúne a nuestro alrededor, en un círculo apretado. Jared me pone una mano en la espalda, Trey toca Garrett.

El padre de Garrett se aclara la garganta.

—Suena como si Amber te diera la inspiración que yo nunca pude.

Garrett se niega a liberarme, susurrando palabras ininteligibles en mi cabello.

—Bienvenida a la familia, Amber —el señor Green retumba.

—Bienvenida a la manada —Trey y Jared y muchas otras voces murmullan.

Garrett finalmente me libera y su hermana levanta mis manos y las aprieta.

—Gracias por ayudarlos a encontrarme —dice ella—. Y bienvenida a la familia.

Me quito las manos de ella para abrazar a la hermosa morena. Siento su propia angustia como una resonancia de lo que simplemente dejaría ir.

—Si nos disculpan —dice Garrett, tomando mi mano y empujando el círculo—. Necesito llevar a mi compañera al hotel. —Me mira, con ojos suaves de afecto—. Volamos a casa mañana. Juntos. ¿Okey?

Yo asiento, silenciosamente. Tendré que llamar al trabajo y decirles que no iré, pero está bien. No tengo ninguna cita en el juzgado.

Garrett me arrastra en sus brazos y sale del aeropuerto, a pesar de mis protestas.

—No te preocupes, Amber, recuperaremos tu equipaje —proclama Trey detrás de nosotros.

Meto la cara en el cuello de Garrett.

—¿Cómo pasaste la seguridad sin un boleto de avión? —pregunto.

—No sé. Trey lo manejó.

Bien. Él tiene su manada, que ahora es la mía también.

~.~

Garrett

VUELVO a una suite privada del hotel y Jared trae nuestras maletas.

El sonrojo de Amber como una novia virginal es la cosa más linda que he visto. Se sonrojará aún más fuerte cuando se dé cuenta de lo que tengo guardado para su pequeño cuerpo sexi.

—Quítate la ropa. —Mi voz sale más profunda de lo que esperaba.

Me mira con las cejas levantadas, probablemente sorprendida por la orden brusca, considerando que la he estado tratando como una flor delicada.

Lo que sea que vea en mi cara —puede que sea un hambriento osado—, hace que sus párpados caigan y los pezones se le endurezcan. Comienza a quitarse la ropa.

Busco en mi bolsa una la cinta adhesiva. Cuando la saco se sonroja, pero sus manos van a cubrir sus propios senos, como si hubiera empezado un dolor que se debe aliviar.

—¿Qué estás haciendo?

Sostengo la cinta, acechando hacia ella como un depredador seguro de su presa. Mi polla dolorosamente dura para mi nueva compañera.

—Ya que estás teniendo dificultades para quedarte, pensé que sería mejor asegurarte.

Ella se lame sus provocativos labios.

—Eso no será necesario. —Maldita sea, su voz es áspera. Yo amo jodidamente ese tono. No puedo esperar a ver qué más puedo sonsacarle. No he tenido tiempo para conocer el cuerpo y las respuestas de mi compañera, qué la hace temblar, qué la hace gritar. Estoy seguro de que lo compensaré ahora.

Arranco un trozo de cinta y me derribo sobre ella.

—Oh, creo que es muy necesario. Vas a pasar todo el día y la noche en mi cama, nena, y tal vez luego aprenderás a dejar de correr. —Rasgo una segunda pieza de la misma longitud y las coloco juntas, uniendo los lados pegajosos. No quiero lastimarle la piel a mi compañera esta noche. Me gustaría dominar, pero esto es definitivamente todo placer.

Ella deja salir una risa ahogada.

—No estoy corriendo...

Corto su protesta con un duro beso al mismo tiempo, uno las muñecas entre nosotros y envuelvo la cinta a su alrededor, usando una pieza suave para asegurarla. Deslizo mi dedo debajo de las improvisadas esposas para asegurarme de que están ajustadas, pero no demasiado apretadas.

—Eso debería hacer. —Doblo un trozo largo de cinta a la mitad a lo largo y lo coloco entre los puños, luego uno a mi compañera a la cama como a una esclava con grilletes—. Voy a comenzar con tu espalda —le digo, levantando mi barbilla hacia el colchón.

Una pequeña sonrisa se forma en sus labios mientras ella sube de rodillas, luego se asienta sobre su espalda. Estiro sus muñecas sobre su cabeza y la aseguro a la cabecera con más cinta adhesiva. La cinta no la sujetaría si ella quisiera realmente huir, pero esto es más sobre la ilusión de captura, no una verdadera.

Tengo que detenerme por un momento y solo absorber la imagen.

«Maldita perfección».

El dulce cuerpecito de Amber está extendido desnudo como una ofrenda, sus briosas tetas se abren a los lados, el vientre se estremece cuando respira.

—Abre las piernas, nena.

Ella separa los tobillos a centímetros, un rubor le sube por el cuello.

Aprieto mi polla a través de mis *jeans* y gimo.

—Eres tan hermosa, abogada, apenas puedo soportarlo. Incluso con la luna llena detrás de nosotros.

—Quítate la ropa —ordena, con los ojos dilatados y las pestañas revoloteando.

Niego con la cabeza.

—No.

La confusión se extiende por su rostro.

—¿Por qué no?

—En primer lugar, ángel, porque yo soy el que manda en el dormitorio, no tú. Y tú y yo sabemos que así es como te gusta, así que ni siquiera finjas que no es así. En segundo lugar, este es un castigo. Me dejaste. No lo he olvidado. Así que te recostarás y recibirás lo que yo decida darte, cuando yo decida dártelo. ¿Entendido?

—N-no realmente. —Su voz se tambalea, pero huelo su excitación y la forma en que su pecho se eleva y baja rápidamente me dice que está totalmente excitada por mi dictado.

Subo lentamente sobre ella, todavía completamente vestida.

—Deja que me explique. —Agarro sus rodillas y las empujo hasta sus hombros, abriendo piernas ampliamente. Miro el corazón rosado entre sus muslos, un rugido de emoción retumba en mi garganta—. Voy a lamer este bonito coño hasta que me haya llenado. Si eso lleva dieciocho horas y te quedas sin voz, quizás aprendas la lección.

Se ríe con esa risa ronca que me vuelve jodidamente salvaje.

Dejo escapar un rugido y lleno mis manos con su culo, lo levanto hasta que su delicioso núcleo se encuentra con mi boca y la lamo.

Ella se estremece, sus rodillas se aferran a mis oídos. Lamo todo el largo, le separo los labios y trazo el interior con la punta de la lengua. Sus muslos se flexionan y deja escapar un gemido inestable.

—Eso es, hermoso, déjame probar lo que es mío.

Chupo sus labios, los mordisqueo antes de aplicar mi lengua al clítoris.

Sus gritos adquieren un tono más alto: el sonido de la desesperación. Aplano la lengua y lamo desde el ano hasta el clítoris y ella comienza a jadear y gemir. Regreso al clítoris y lo chupo mientras atornillo un dedo dentro de ella y luego dos. En el momento en que acaricio su pared interior, se rompe, sus músculos se contraen alrededor de mis dedos, el culo se aprieta con fuerza, el coño empuja contra mi cara.

Estoy en el cielo. Satisfacer a mi mujer es claramente mi propósito en la vida, porque nunca me había sentido tan poderoso.

Tan pronto como termina, empiezo de nuevo.

La llevo al clímax una vez más. Luego voy para una tercera muerte.

Ella aparta mi cabeza.

—No puedo, Garrett —gime—. Demasiado. Es muy intenso.

—Lo sé, nena. Este es un castigo. ¿A quién perteneces? —La rodeo, lamiendo alrededor de su pequeña estrella de mar.

Ella chilla, apretando el trasero, toda su flor pélvica levantándose.

—¡A ti! A Garrett, el más posesivo, terco y dominante...

—Oh —me río—. Alguien necesita unas nalgadas.

Su suelo pélvico se contrae de nuevo, así que sé que le encanta la idea.

La doy vuelta, ajustando la cinta en sus muñecas para acomodarla a la nueva posición.

Menea el culo, invitándome a aplicarle mi castigo.

Le doy unas cuantas nalgadas rápidas, luego froto el escozor.

—¿Sabes lo que les pasa a las compañeras traviesas que intentan dejar al macho que las marcó? —Tomo una de las almohadas y levanto sus caderas, deslizándola por debajo.

—¿Q-qué?

—Las follan duro. —La azoto de nuevo, una bofetada a cada lado—. ¿Estás lista para tu jodida corrección?

Su adorable trasero se aprieta con fuerza.

—Dios, no. —Hay una risita en su voz.

—Lástima, nena. Vas a descubrir qué sucede cuando ofendes a tu pareja.

Le estiro los tobillos y uso cinta adhesiva para sujetar cada uno a los postes de la cama, nuevamente usando el método de la cinta doblada para no usar el lado pegajoso en su piel.

Su excitación se filtra entre los muslos, la espalda se mueve con la respiración jadeante. Mi mujer está muy excitada.

Trepo sobre ella y acerco mis labios a su oído.

—¿Sabes lo que pasa si eres realmente traviesa, nena?

—¿Qué? —Esa voz ronca me mata.

—Las cogen por el culo. —Le azoto el bonito trasero un par de veces—. ¿Quieres que folle tu pequeño trasero apretado?

—No, señor.

Mi polla se sacude. Creo que probablemente lo hará cada vez que me llame «señor» hasta el día de mi muerte. Es tan jodidamente caliente para mí cuando se somete.

Me quito la ropa y me subo detrás de Amber, tomando una imagen mental de cómo se ve boca abajo, como un águila extendida, pegada a la cama. La archivo en el álbum que espero poblar pronto con un millón de imágenes eróticas más: Amber colgada de un gancho en el techo por sus muñecas; Amber inclinada hacia atrás de la cama para chuparme la polla; Amber en cada posición de yoga, desnuda, esperando mi orden.

Un bramido comienza a zumbar en el fondo de mi garganta. Encajo mi polla en la ranura entre sus piernas y froto la cabeza con sus jugos. Deslizo la polla lentamente, provocándola, tomándome mi tiempo.

Ella jadea, levantando el trasero e inclinando la pelvis

para darme un mejor acceso. Me hundo profundamente, luego me retiro, casi todo el camino.

—No —se queja—. ¿Qué vas a….?

Me hundo de nuevo.

—Sí. Eso —dice sin aliento.

Me río.

—¿Quién tiene el control aquí, nena?

Ella hace una demostración de tirar de sus ataduras.

—Tú, maldita sea. ¡Manos a la obra!

Saco y doy dos golpes rápidos, uno en cada nalga.

—Debes quererlo por el culo hoy.

—No. No, no lo quiero —responde rápidamente, y me río de nuevo. Agarro una almohada y la meto debajo de sus caderas para darme un mejor ángulo, luego me deslizo de nuevo.

—¡Oh, sí! —ella grita.

Nunca hubiera imaginado que la abogada tensa que conocí el primer día fuera tan expresiva y receptiva.

Me sumerjo en ella una y otra vez, manteniendo el ritmo lento y constante durante varios golpes. Entonces mi autocontrol se quiebra.

—Aquí es cuando te lo tomas con fuerza, cariño —le advierto. Apoyo mi peso en mis manos al lado de su cabeza y me meto en ella, follándola profundamente. Si sus tobillos no hubieran estado asegurados, le habría empujado la cara hasta la cabecera, mis embestidas son muy duras.

Sus gritos me vuelven loco y mi lobo se pone frenético. La y la cojo y la cojo un poco más, el sonido de mis entrañas golpeando su trasero llenando la habitación, el sonido de sus gritos colmando mis oídos.

—¡Sí, sí, sí, Garrett! —grita. Sus músculos se contraen y aprietan en pulsos y empujo profundamente para que disfrute de su orgasmo. Termina y se queda inerte debajo de mí. Salgo lo suficiente para que sus tobillos queden libres, luego le levanto las caderas hasta que está de rodillas, con las piernas abiertas, el culo en el aire. Su rostro todavía descansa sobre la cama, los brazos tensos sobre la cabeza.

Le doy una palmada en el coño.

—¿Pensaste que habíamos terminado, ángel?

Deja escapar un largo gemido.

—No puedo. Demasiado... placer —murmura.

—Oh, lo aceptarás, bebé. Aprovecharás todo el placer que quiero darte. ¿Sabes por qué?

—¿Porque soy tuya? —Hay risa en su voz.

—Así es. Me perteneces. Eres mía. Para siempre. —Agarro sus caderas y la arponeo una vez más con mi polla después de tomar otra foto mental. Le doy una palmada en el coño de nuevo—. ¿Vas a intentar dejarme de nuevo, bebé?

—No, señor.

Tres chasquidos más sobre el clítoris.

Ella gime.

—Nena traviesa. Ahora tengo que follarte hasta que estés delirando.

—Realmente lo estoy. —Sus palabras quedan amortiguadas por el edredón y posiblemente balbuceantes por la lujuria.

Me inclino para pasarle la lengua por los húmedos pliegues.

—¡Oh, Dios! —gime.

Puede que quiera torturar a mi pareja con orgasmos múltiples, pero mi propia resistencia no durará mucho más. Me pongo de rodillas detrás de ella y alineo la polla con su entrada. Me hundo en el calor húmedo y gimo. Es incluso mejor desde esta posición. Con los dedos apretados alrededor de sus caderas, bombeo dentro de ella, me adueño de su dulce cuerpo, lo controlo. Mis globos oculares se vuelven hacia atrás en mi cabeza. Dentro de ella me siento demasiado bien. Demasiado apretado. Demasiado caliente.

Mi clímax llega como un tren de carga, me atraviesa como una locomotora. Me ahogo con una maldición y la cojo, golpeándola mientras las ráfagas de semen brotan de mi polla.

El tiempo se vuelve confuso. No sé cuánto tiempo ha pasado cuando mi visión se aclara y me doy cuenta de que dejé de follar con mi nueva pareja. Todavía estoy clavado a sus espaldas, con mis bolas profundamente dentro de ella. Mi aliento entra y sale como si hubiera corrido un maratón.

Amber gime suavemente un sonido de satisfacción y se acurruca entre las mantas. Le arranco las esposas de la cinta adhesiva de las muñecas y la acomodo para poder acurrucarme a su alrededor. Encaja a mi lado, como si nuestros cuerpos estuvieran hechos para anidar juntos.

Le aparto el pelo de la cara.

—¿Estás bien?

Ella asiente, una expresión de ensoñación muestra una sonrisa en su boca.

—¿Cómo fue la tercera cita?

—Mmm. —Ella se acerca y me toca la cara—. Épica.

mber

EL CARTEL exterior de Eclipse pone «Cerrado para eventos privados». En el interior, los niños corren por el club de Garrett. Me tomó un tiempo animarlos. La mayoría de los niños adoptivos han pasado por situaciones desagradables. No están despreocupados. Se paralizan.

Pero cuando Garrett corre hacia la cabina de pintura facial y grita: «Esto es genial. ¿Puedo conseguir a alguien que pinte un lobo?» entusiasma a los niños. El tipo duro, gigante y tatuado que pinta al lobo convence a todos los niños para que se hagan un dibujo igual.

Mirándolo, mi corazón está lleno hasta el punto de estallar. Ha cumplido con creces su promesa de hacerse digno para mí, no es que yo pensara que no lo era antes. No, su ropa no ha cambiado y todavía anda en moto, pero da pasos todos los días para embellecer nuestro futuro. Como preparar los planos de la casa de nuestros sueños. Y llevarme a citas reales.

—Alisa, ¿vas a conseguir un Shirley Temple? —Le pregunto a la tímida pelirroja que acaba de pasar por el sistema conmigo como su representante.

Sus grandes ojos verdes se fijan en mi cara, pero no responde, lo cual es bastante típico.

—Es una bebida. Sam las está preparando allí. —Señalo hacia la barra donde el joven hombre lobo está mezclando bebidas para niños.

Su nueva mamá adoptiva le toma la mano.

—¿Quieres probar uno?

Ella asiente, todavía mirándome.

—Te daré un consejo: diles que quieres cerezas extra. —Le guiño un ojo y ella sonríe, revelando grandes espacios donde se le han caído los dientes de leche.

—¿Quién sabe cómo hacer el «movimiento de Cupido»? —grita Jared. Toca igual de bien como DJ como entrenador de baile en la pista, con Trey respaldándole. Están en medio de los niños, meneándose con ellos en el mini espectáculo de luces.

Se escuchan los acordes del «movimiento de Cupido» y Jared toma un lugar al frente del grupo, guiándolos de derecha a izquierda, pateando y girando.

Estoy sonriendo como una tonta, muy conmovida por lo generosos que son Garrett y su manada con estos niños, que ni siquiera son cambiantes.

Son buenas personas. Lobos.

Y me siento muy honrada de estar incluida entre ellos.

~.~

MUCHO MÁS TARDE, me aferro al cuerpo sólido y cálido de Garrett mientras sube la montaña. La ciudad está bajo la ordenanza para mantener la oscuridad por los telescopios en Kitt Peak; ninguna luz artificial compite con el cielo nocturno. Hace unos meses, hubiera pensado que era demasiado peligroso montar en moto de noche, pero aferrada a Garrett con fuerza, sintiendo sus duros músculos flexionarse contra mis brazos, nunca me había sentido más segura.

La moto derrapa fuera de la carretera hacia un mirador. Garrett la aparca y me pone frente a él. Nos sentamos juntos y miramos el espectáculo.

—Hoy hiciste una gran cosa al abrir el club a los niños —murmuro—. No sabía que fueras tan bueno con ellos.

—Yo tampoco —se ríe.

—Bueno, estuviste increíble.

—¿Voy a obtener una recompensa? —Me coloca en su regazo y siento qué tipo de recompensa quiere.

Mmm, acaricio su rígido pene debajo de sus *jeans*.

—Quizás más tarde.

—¿Aquí no?

Me río.

—No soy tan salvaje todavía.

Me besa, un beso profundo y prolongado que me tiene gimiendo en la garganta.

—¿Que tal ahora?

—Chico malo. —Me muevo en la moto para estar a horcajadas sobre su regazo, frente a él. La vista es tan hermosa, pero solo quiero mirarlo.

Pasa los dedos por mi cabello. Ahora lo llevo suelto la mayoría de los días. Está despeinado, enredado por el viento, pero parece que le gusta.

Por un segundo, su rostro se vuelve borroso. Veo a Garrett, un poco mayor y con el aspecto de su padre, en el camino de entrada de una casa de adobe. Tres niños, una chica y dos chicos, corren y juegan a su alrededor mientras arregla la motocicleta, a veces los detiene para mostrarles cómo girar una llave inglesa.

Cuando la visión se desvanece, lo abrazo con fuerza.

—¿Quieres niños? —espeto.

Una risa retumba a través de él.

—No estoy seguro de lo buen padre que voy a ser, pero sí. Aunque esperaba pasar más tiempo a solas contigo antes de que agreguemos algunos pequeñajos.

—¿Lobeznos? Siempre podemos conseguir que Jared o Trey cuiden a los niños.

—O cerrar la puerta del dormitorio.

—Eso solo funciona si no les enseñas a abrir cerraduras —le regaño, y él se ríe, haciéndome retroceder para que pueda ver mi cara.

—¿A qué viene toda esta charla sobre los niños? ¿Estás...? —El tono esperanzado de su voz me dice todo lo que necesito saber.

—No. No lo creo. Todavía no —agrego en silencio, trazando la nuca en su barbilla—. Acabo de tener una visión del futuro.

—¿Realmente? ¿Y qué era?

Yo sonrío.

—Ya lo descubrirás.

SIN TÍTULO

Por favor, disfruta de este pequeño extracto del siguiente libro de la serie *Chicos Alfa Malos*

QUIEREN MAS? EL PREMIO DEL
ALFA – EXTRACTO

Sedona

Mis ojos se abren al instante. Están arenosos y doloridos. Los frotaría si no estuviera en forma de lobo.

«¿Dónde estoy?».

Intento moverme y golpear las barras de metal. ¡Oh, cielos! Estoy en una jaula, una jodida celda.

Los recuerdos vuelven a mí. Estaba en mi carrera matutina en la playa de San Carlos. Vacaciones de primavera en México. Capté el olor de un cambiante masculino y me detuve, girando en un círculo lento para identificar de dónde venía. Un chico levantó la mano haciendo un gesto. Se acercó, de manera casual, pero se me erizaron los pelos de la nuca.

Sé que va a haber un problema.

También creo que tengo muchas posibilidades de solucionarlo. Soy la hija de un alfa. Tengo veintiún años, joven, estoy en forma y soy lista.

El chico se acerca con una sonrisa amistosa. Está diciendo algo en español.

Empiezo a decirle: «No hablo…», cuando algo punzante me golpea el cuello por detrás. Cambio, por miedo y necesidad. Mi loba quiere protegerme. Mi camiseta sin mangas y mis pantalones cortos se rompen cuando cambio de forma, pero mis piernas no aguantan. Estoy de costado en la arena, mi pelaje blanco arde al sol. Encima de mí, cinco hombres están parados en círculo mirando hacia abajo.

Todo se vuelve borroso a partir de ese momento. Recuerdo que me metieron en una jaula y luego en el compartimento de equipaje de un avión comercial. Como si fuera un maldito perro o algo así. La maldita mascota de alguien.

«Mierda».

Me duele la cabeza y tengo un caso grave de sequedad en la boca. Es peor que cualquier resaca que haya tenido en los últimos tres años de la universidad. No es que sea una chica fiestera, ni nada.

Bueno, a veces me gusta ir de fiesta, pero ¿a quién no?

Me giro en el espacio reducido, pero es imposible ponerme cómoda. Un gruñido bajo comienza en mi garganta y mi lobo se encorva como si fuera a saltar, a pesar de que no hay forma de salir de esta maldita jaula. Lo sé porque ahora recuerdo haberme despertado en ocasiones anteriores y haberlo intentado. Jesús, ¿Cuánto tiempo he estado flotando inconsciente? ¿Doce horas? ¿Veinticuatro?

Parece que estoy en un gran almacén. Hay otras jaulas que cubren un estante de metal gigante, como el tipo en los que se almacenan los productos en Costco o Sam's Club. La mayoría están vacíos. Un lobo negro y flaco con ojos amarillos me mira parpadeando desde donde está acostado de lado en una de ellas.

El humo del cigarro tiñe el aire y el sonido de las voces de los hombres, hablando en español, llega detrás de una puerta.

Recuerdo haber vomitado en mi jaula por el viaje lleno de

baches, o tal vez solo por las drogas. Alguien me había limpiado después, hablando suavemente en español, como si tratara de calmarme. Le enseñé los dientes y traté de quitarle la mano, pero me clavó otra aguja en el cuello y volví a caer en el profundo sueño.

La puerta se abrió, permitiendo que un rayo de luz cayera desde el pasillo. Las voces masculinas se acercaron hasta que un grupo de hombres se reunió alrededor de su jaula. Los mismos imbéciles que me agarraron en la playa.

Si fuera inteligente, cambiaría y sacaría algo de información de ellos. Quiénes son, qué quieren de mí. Pero mi loba no está hablando.

Me pongo de pie, golpeando mi espalda y cabeza contra los cables superiores, la prisión es demasiado pequeña para permanecer de pie. Mis labios se abren para mostrar los colmillos, y el rugido que comienza en mi garganta es mortal.

—¡Qué belleza! ¿no? —pregunta uno de los hombres.

Son lobos, a juzgar por el olor. Todos ellos. Y la forma en que me miran lascivamente envía una fría punzada de miedo a través de mí.

Paso las mandíbulas a través de los cables, rugiendo.

Ignorándome, los hombres recogen mi jaula y me llevan afuera, donde está aparcada una camioneta de pasajeros blanca y reluciente. Los hombres abren las puertas traseras de la camioneta y me llevan adentro.

Me arrojo contra los alambres de la jaula, ladrando y bramando.

Uno de los hombres se ríe.

—Tranquila, ángel, tranquila. —Él cierra las puertas con un sonido de clic firme, dejándome sola una vez más.

"Ropa fuera, gatita. Esa será una regla. Tú nunca deberías llevar más ropa que yo".

MÍA PARA PROTEGER. MÍA PARA CASTIGAR. *MÍA.*

Soy un lobo solitario y me gusta que sea así. Desterrado de mi manada desde mi nacimiento, después de un baño de sangre, nunca quise una pareja.

Entonces me encuentro con Kylie. «Mi tentación». Estamos juntos atrapados en un ascensor, y su pánico hace que casi se desmaye en mis brazos. Ella es fuerte, pero está rota. Y esconde algo.

Mi lobo quiere reclamarla. Pero es humana y su delicada carne no sobrevivirá a la marca de un lobo.

Soy demasiado peligroso. Debería alejarme. Pero cuando descubro que ella es la hacker que casi acaba con mi empresa, le exijo que se someta a mi castigo. Y ella lo hará.

Kylie me pertenece.

Nota del editor: *La tentación del alfa* es un libro independiente de la serie *Alfa Peligrosas.*

LEA TODOS LOS LIBROS DE LA SERIE CHICOS ALFA MALOS

Final feliz garantizado, sin trampas. Este libro contiene un lobo alfa ardiente y exigente con una inclinación por proteger y dominar a su hembra. Si este material te ofende, no compres este libro.

RECONOCIMIENTOS

¡Gracias a Aubrey Cara y Katherine Deane por sus lecturas de revisión! Gracias a Margarita por el contrato.

Quiere un libro gratis de Renee Rose? Suscríbete a mi newsletter para recibir *Padre de la mafia* y otro contenido especialmente bonificado y noticias de nuevos. https://BookHip.com/NCVKLK

OTROS LIBROS DE RENEE ROSE

Vegas Clandestina

Rey de diamantes

Padre de la mafia

Sota de picas

As de corazones

El comodín del Loco

Su reina de tréboles

La mano del muerto

El comodín

Rancho Wolf

Áspero

Salvaje

Feroz

Rudo

Indomable

Rebelde - GRATIS

Implacable

Alfas peligrosos

La tentación del alfa

ACERCA DEL AUTOR

RENÉE ROSE, LA AUTORA BESTSELLER EN USA TODAY, ama los héroes dominantes, ¡los machos alfa que saben hablar sucio! Ha vendido más de un millón de copias de tórridas novelas románticas con diferentes niveles de sexo no convencional. Sus libros han sido presentados en el Happily Ever After de USA Today y en Popsugar. Nombrada en el Eroticon de los Estados Unidos como la Próxima Autora Erótica Top en 2013, ha ganado también como Autora Preferida en Ciencia Ficción y Antología Valiente y Atrevida y con la mejor novela romántica histórica en The Romance Reviews. Figuró siete veces en la lista de USA Today con su serie Rancho Wolf y varias antologías.

**Suscríbete a mi newsletter para recibir contenido especialmente bonificado y noticias de nuevos lanzamientos en Español.

https://www.subscribepage.com/reneerose_es

SOBRE LEE SAVINO

Lee Savino es una autora bestseller de *USA today*, madre y chocoadicta.

Advertencia: No leas sus series de Berserker, o te harás adicto a sus enormes, dominantes guerreros a los que nada los detendrá para reclamar a sus parejas.

Repito: NO LEAS la saga Berserker, particularmente el emocionante extracto que hay debajo.

Descarga un libro gratis desde www.leesavino.com (Tampoco lo leas. Es demasiado amor sensual).

www.ingramcontent.com/pod-product-compliance
Lightning Source LLC
Chambersburg PA
CBHW032232050726
47591CB00001B/367